Flor de Gume

Flor de Gume

Monique Malcher

Copyright © Monique Malcher, 2025
© Moinhos, 2025.

Edição Nathan Matos
Assistente Editorial Aline Teixeira
Revisão Tamlyn Ghannam
Diagramação Luís Otávio Ferreira
Ilustração de capa Monique Malcher
Capa Sérgio Ricardo

Dados Internacionais de Catalogação na Publicação (CIP) de acordo com ISBD

M242f Malcher, Monique
Flor de gume / Monique Malcher. - 2. ed. - São Paulo : Moinhos, 2025.
136 p. ; 14cm x 21cm.
ISBN: 978-65-5681-195-6
1. Literatura brasileira. 2. Contos. I. Título.
2025-2013
CDD 869.8992301
CDU 821.134.3(81)-34
Elaborado por Odilio Hilario Moreira Junior - CRB-8/9949
Índice para catálogo sistemático:
1. Literatura brasileira: Contos 869.8992301
2. Literatura brasileira: Contos 821.134.3(81)-34

Todos os direitos desta edição reservados à Editora Moinhos
www.editoramoinhos.com.br
contato@editoramoinhos.com.br
Facebook.com/EditoraMoinhos
Twitter.com/EditoraMoinhos
Instagram.com/EditoraMoinhos

Para as mulheres que sobrevivem com foice, palavras e magia.
Para a menina que fui e mataram tantas vezes.
Para a flor que sangra na noite de lua cheia.

9   Prefácio

PARTE 1 — OS NOMES ESCRITOS NAS ÁRVORES, OS UMBIGOS ENTERRADOS NO CHÃO

13   Boca de lobo

17   Suas sandálias me cabem?

20   Por entre as pedras as águas choram

24   O barco e as cartografias da esperança

27   Juçara

29   Borboleta amarela

32   Esperei você para o café

35   As palavras por debaixo da porta

39   A próxima parada

43   Quando dois pássaros se perdem

PARTE 2 — QUANDO OS LÁBIOS ROXOS GRITAM EM CAIXAS DE LEIS HERMÉTICAS

49   Um fogão entre as marés

53   Ilha do rato

56   Apartamento

59   Para voar com os ratos no verão

61   Anis

65   Erva-doce nas mãos para os dias sem você

67   Girassol

70   Camadas das memórias em lágrimas

74   Portas fechadas

76   Mármore no lugar de um coração
78   O pesadelo é um bilhete urgente do que fere
80   Um sorriso que atravessa o asfalto
88   Alecrim para dizer não fique aqui

PARTE 3 — O REFLORESTAR DO CORPO, O ABANDONAR DAS PRAGAS

93   Rosa vermelha
97   Vênus
100 As marés guiadas pela lua
103 A rua abraça a lua vermelha em eclipse
106 As jiboias que se espalham com a velocidade dos beijos
108 Elo
112 Abre o portão quando eu chegar?
114 Ramona
116 Cânhamo de despedidas
119 O Enforcado
123 As espumas têm seu nome
126 Os territórios que os pés desenharam
130 Hortelã
132 Beladona

Prefácio

As flores choram sozinhas na floresta,
as pétalas com gume,
porque precisaram se proteger.

Foi pelas ruas e pelos rios, certamente, que Monique trafegou pelo pensamento enquanto escrevia *Flor de Gume*, e isso me diz muito, não pelas vias explicativas às quais aqui me alinho para produzir esta reflexão, não, a experiência que tive ao ler *Flor de Gume* foi a de transitar entre o cimento, o asfalto e as águas — de dentro e de fora — de uma terra Amazônia e de uma terra mulher, ambos lugares também de meu pertencimento.

Este livro não se encaixa necessariamente em uma categorização de gênero, estabelecendo assim uma relação muito viva entre prosa e poesia, Monique não parece preocupada em desenvolver uma fórmula literária e, sim, muito mais do que isso, em produzir o gesto narrativo em seu ato contínuo, umedecido porque recém-saído do ventre. Em alguns dos contos/poemas, esses que mais me encantaram, a autora busca a palavra no agora a fim de fazê-la espelho de um resgate memorial, sob a égide estética de um tempo vencido por si mesmo.

Creio que, mais do que a importância do lugar de fala de Monique como autora, seja importante lembrar dos mecanismos discursivos existentes ao longo de *Flor de Gume*, a começar pelo título provocante, a nos encaminhar para um universo interpretativo que extravasa o lugar-comum de muito do que a dita literatura política produziu no primeiro decênio deste século.

Flor de Gume remete à configuração drummondiana da náusea social causada pelos dias e pelas horas, perfurada pela flor, feia, porém bela, criando em todos e todas a esperança em face do nojo e do ódio. A flor de Monique me parece um bocado mais lasciva e ferina, como as plantas serrilhadas, o capim-cortante, aqueles matos por onde nos embrenhávamos na escola para caçar soldadinhos.

As pernas lanhadas, coçando, um filete de sangue sob os joelhos. O suor escorrendo no peito, na testa, debaixo dos sovacos. As descobertas da infância eram também a ousadia do lançar-se ao risco, às feridas e sua cicatrização. Decido deixar essa imagem com o leitor, para apresentar este livro: um olhar iniciático para as primeiras dores, as primeiras dores de si, as primeiras dores do mundo.

PALOMA FRANCA AMORIM
(autora de *Eu preferia ter perdido um olho*)

Parte 1
Os nomes escritos nas árvores, os umbigos enterrados no chão

Boca de lobo

Sempre muito desequilibrada para entrar em barcos, canoas, como se tudo que cortasse o rio fosse feito de corda bamba. Eu era mais bamba que tudo. Uma risada aqui, outra ali. Tinha graça para muitos o meu jeito de entrar no barco. Criança sente os cochichos. Meu corpo alimentava um tremendo medo de pontes. Às vezes, o que ligava o barquinho ao trapiche era só tábua improvisada, que balançava como as árvores em volta, acho que ela lembrava que foi parte de uma.

A solidão de menina era companhia no zarpar dos barcos. Alguém sempre precisava segurar firme na minha mão, caso contrário, eu não entrava de jeito nenhum. Queria não cair no rio, me afogar. Podia imaginar meu corpo ir tão fundo na escuridão das águas barrentas e a cor dos meus olhos enrubescendo o sol. Tudo era de madeira nem sempre tão firme.

Entrava no barco como se entrasse na vida das histórias das mulheres da minha família. Mergulhava fundo na encantaria. As embarcações eram lugar estranho e ao mesmo tempo meu território. Os pés reconheciam o banzeiro e se deixavam levar. As histórias, que já circulavam ali como visagens ou bênçãos, eram minhas bem antes da ideia de lar com quatro paredes. Os barcos eram o corpo da minha família, que construía, pintava e trabalhava neles. É preciso que se diga, sempre como empregados, nunca como patrões. Proprietários de barco, isso não éramos, mas tínhamos os nervos agarrados às nascentes dos rios que espichavam. Eu era jitinha perto de tanto conto que o rio tinha para dizer quando batia no casco da embarcação.

Gostava de ver o que minha mãe tinha trazido de comida nos potes, comer a bordo era especial, principalmente porque sempre tinha a bolacha recheada com carinhas de monstros. Aprendi com muito custo a tomar banho nos banheiros dos barcos, a gente levava uma saboneteira, uma toalha, a roupa bem dobradinha dentro de um saco de pano e a calcinha no meio das roupas para não molhar. Pés no chão nem pensar, se uma ferpa entrasse sabe-se lá quantos dias levava para conseguir tirar cutucando com agulha. E criança é fácil de se machucar ou pegar bicho de pé.

A água caía do cano, não tinha chuveiro, uma porrada d'água que doía no cocuruto. Dava para ouvir as conversas, o motor, o tilintar da louça do almoço ou da janta sendo lavada, aquele conjunto marrom transparente que toda casa de vó tem, que não quebra por nada. Um pedaço de mim, que saía com água e sabão, voltava para o rio. Eu era parte dele, sentia, mesmo que fosse pequena para explicar.

Viajar de barco era voltar para o que sou.

As mulheres com seus filhos ou com suas mães idosas apressavam nosso banho, esmurravam a porta: "Bora, cunhatã, tá chocando um ovo aí?". É que eu gostava muito de brincar com espuma, esquecia da vida. Era uma dessas crianças que criavam história com tudo, imaginava que ali era onde ficava o timão... eu ia dando a direção, porque sempre queria as profissões masculinas e ao menos uma vez dar o norte de alguma coisa.

Mamãe sempre dizia que lugar bom era longe do motor, que era para ficar longe também do andar de cima onde os homens ficavam bebendo. Sabia que havia lugares do barco que não eram para mim, e eu não era mesmo de me desgarrar para explorar. Gostava de ficar sentada na beirada, nos bancos extensos de madeira, eram horas olhando o barco desafiando o rio, ouvindo meio intrusa as histórias que as senhorinhas contavam sobre um barco parecido que virou em algum lugar.

Já sabia contar muito bem. Contando os coletes salva-vidas, concluí que era pleno risco, não tinha o suficiente. Desde essa época, o terror de não saber nadar me acompanhava, mas misteriosamente amava estar na água. Só me aterrorizava saber que talvez não sobrevivesse a um desastre desses, mas a mamãe sentia minha tristeza. Sem eu falar uma palavra, ela dizia: "É muito seguro, sabia que seu tio ajudou a construir este barco?". E num instante me sentia parte do barco de novo, uma das tábuas pintadas de vermelho. Ficava tudo bem.

O motor cantava uma canção, solitário, é que ninguém queria atar a rede ao seu lado. Imaginava como funcionava a engrenagem de tudo, se o motor tinha sido, em outra vida, um velho senhor abandonado por todos. Será que era igual um relógio? E que horas são quando a gente avista o brilho da cidade? Às vezes, me sentia deslocada, porque havia uma coisa muito urbana e besta no meu comportamento. O medo, o silêncio, os pensamentos intrusivos.

Quando mainha fazia a boca de lobo na rede, virando o punho de modo a criar duas orelhas de coelho que se encontram – para a bunda não encostar no chão ao sentar –, achava lindo. Era como se preparasse as cordas de um violão, e a música tinha o formato da calmaria. Banho tomado, de talco no pescoço, ia embalando, embalando, embalando. Cortando o rio para chegar em casa, mas ali também era nossa casa e me gabava das redes bonitas que minha vó costurava, que tinham nas varandas muitas rosas de crochê. Os punhos trançados, diferentes dos outros punhos, eram obras de arte. Mamãe conta que teve uma vez que caímos de bunda, a rede rasgou ao meio. Rimos. Rir era bom para sentir o movimento da vida e não ter medo do balanço. Pintava o sete com minha revistinha para passar o tempo, que voava, cortando o rio e meu coração.

Suas sandálias me cabem?

Existe uma fúria nas saudades. Os meus pés cabiam nas suas sandálias, caminhava e corria com elas, sabia um jeito de não cair. Eram tão gigantescas nos meus pés pequenos e, isso me dava vontade de um dia crescer até que estivéssemos na mesma altura. Acreditava que teríamos a caminhada compartilhada, como era dentro das sandálias, mas nunca estivemos em equidade. Porque era sacramentado nos seus pensamentos que a minha existência era uma criação sua, e, por esse motivo, sua propriedade. Desde as decisões, como o tom de voz, o corte de cabelo ou o peso do corpo, até as escolhas de estudos, empregos e amores. Sentia a todo momento que o tempo não tinha agência sobre mim, que os dias mudavam a vida de todos, menos a minha. Continuava com meus sonhos trancados e me conhecia pouco.

— Sempre quis ter uma garotinha, diferente de muitos pais, quis uma menina.

— Você me ama?

— Muito mais do que você pensa, tua mãe nunca te quis, mas eu vou te amar pra sempre.

Todas as palavras de afeto eram sempre escolhidas com muita violência, ancoradas por um tipo de amor que estampa capa de jornal. Todo dia uma mulher é assassinada porque alguém a odeia, e o crime é chamado de passional. Como se o afeto estivesse no ferir. O que meu pai falava por meio das ações era "te agrido, porque há um limite para ter o teu corpo". Só matar estabelece — mas, nem sempre — esse limite.

E cresci acreditando que as mulheres não poderiam me dar amor, que eu mesma não era o suficiente para o funcionamento da minha existência. Era urgente que os homens me amassem, aos moldes do amor que meu pai me dava, com seus excessos e controles. Conforme o tempo devorava os dias e me sentia estática, meu corpo não agia da mesma forma. Ele foi rompendo no meu estômago uma agonia infinita.

Uma vingança subia como a temperatura da água no fogão e crescia no meu ventre. Esquecendo que cuidar de mim era sério, ebuli. Precisava parir uma nova mulher, a que eu deveria ter sempre continuado a alimentar com vigor.

Se antes tinha vergonha e um sentimento total de distanciamento ao ver minha mãe nua ou trocando de roupa, agora já me causava curiosidade olhar esses momentos, porque reconhecia nela e nas suas marcas as minhas. Era também o meu corpo ali, com proporções diferentes, porque ela era magra, mas tínhamos manchas e marcas parecidas, causadas pelo mesmo algoz.

Meu pai um dia me fez passar limão nas pernas para que clareasse minha "sujeira" da virilha. O que meu corpo gordo tinha feito de errado? Sempre vinha aquela força de ódio aqui dentro que mastigava tudo com muito poder.

Eu me pegava gritando com a mãe por qualquer coisa, culpando-a pela nossa infelicidade. Acreditava que ficar mais próxima do meu pai me colocava nas liberdades da rua, mas, na realidade, meu corpo era ainda mais das domesticidades. Eu era oca, e no vazio propagava os ideários suicidas.

Queria que os pés coubessem nas sandálias dele, e se coubessem talvez ele não as usasse, para demarcar que espaço era o meu.

As lágrimas eram salgadas, diferentes dos rios. Mas antes de chegarem à boca, eu as matava com novos sonhos, textos e a possibilidade de um amor incrível, o próprio. Esse grande amor só rompeu muitos anos depois. As barragens ainda eram de ferro.

— Sei que tu decidiu que vai ficar com a tua mãe, mas acho que seria muito triste que eu não te contasse pelo que estou passando. — Segurou minha mão dentro do carro.

— A vida prega cada peça, né?

Eu já me sentia muito errada, via o sofrimento dele, acreditava nele, e como ele atuava bem, pobre desgraçado.

— Filha, estou com um câncer, bem avançado. — Abriu uma pasta com um exame. — Tenho seis meses ou, quem sabe, um pouco mais de vida.

Conseguiu.

Cedi na hora.

As lágrimas transbordaram em cascata.

Passei os anos seguintes com ele, mas misteriosamente a cura chegou sem vestígios de dor, esforço ou médicos. Ele não era tão grande como as sandálias diziam.

Por entre as pedras as águas choram

Não vou morrer, vou matar. A espingarda na mão pesava menos que a vontade de não segurar. Ele, ajeitando as garrafas caídas, mostrava as costas, e meu olhar acendia no escuro das dores. Os músculos meus, ainda tão pequenos, iam se acostumando sem tremer. Ajeitei a arma e senti que atirava na cabeça dele, sem erro, e os pássaros voavam em bando no susto.

— Vai atirar ou não? Filha? — falando macio tentou mostrar um carinho que nunca teve. — Tem que saber se defender, menina — riu.

Chorei muito. Naquele dia, ele me pressionou. Ter o poder de matar sem necessidade era algo que satisfazia muito seu ego. Matei um tatu, comemos o bicho assado, foi a pior refeição que já fiz, não pelo tatu, mas por tudo o que ele carregava. Engolia minha raiva a cada pedaço do animal que entrava na minha boca. Tinha uns nove anos e nunca havia sido introduzida ao tema da morte.

Nessa época, meu pai vivia do dinheiro de uma senhora rica, que acreditava loucamente nele. Vieram outras depois que a fonte secou. Com o dinheiro dela, ele, como ótimo enganador-empreendedor, comprou um pequeno sítio em Ponta de Pedras, uma cidade pequena e muito bonita no interior do Pará. Ainda não tinha água encanada, também não tinha pressa, era um lugar pra onde ele só ia no fim de semana.

Nada do que conseguia durava muito, sempre ele emprestava dinheiro e não pagava ou enganava a filha de alguém. Eu estava sempre conhecendo lugares diferentes e passando pelos mais diversos tipos de situação, algumas muito perigosas. Era um homem que tinha sua simpatia, não era muito bonito, mas era comunicativo. Sempre escolhia se envolver com mulheres idosas ou que tinham filhos e dava um jeito de me diminuir na frente delas. Ele sabia criar abismos para evitar a própria ruína.

Quando a gente viajava, ele gostava de contar a história de quando o padrasto dele colocou uma pistola na boca da vovó. Dava uma choradinha, mas era fácil perceber que tinha um prazer em detalhar como ela ficou paralisada. Geralmente contava essas histórias depois que fazia alguma coisa ruim comigo e com a mamãe, como se a gente tivesse que sentir pena dele.

João. Nunca consegui namorar um homem com o mesmo nome. Meu pai era dessas pessoas que sempre repetiam as histórias da infância. "Nunca esqueci das vezes em que meu padrasto me espancava no igarapé. Como ele era capaz?", falava quase lacrimejando. E um dia, no sítio, ele fez o mesmo comigo e nunca mais parou de fazer. Sentia muito prazer durante, dava pra ver como se contorcia maravilhado com meu grito, que se misturava com a partida de futebol da rádio.

Antes de escurecer, era preciso fazer uma trilha que dava no igarapé, a única forma de tomar banho. Uma caminhada de vinte minutos. Na volta, eu levava dois baldes pra lavar louça e fazer um asseio pela manhã. O igarapé era triste, sentia que ali era um buraco com lágrimas de uma mulher gigante que eu via nos sonhos durante as noites que passava no sítio. Ela me chamava, queria dizer algo no meu ouvido.

Quando andava de bicicleta, balada pela estradinha de areia e pedregulho, parecia que ela me empurrava rindo, e eu sabia que nosso coração chorava igual, dentro da mata fechada. A noite chegava fria, a brasa que queimava as madeiras também escorria dos meus olhos em forma de lava. Passava sebo de holanda pra curar a dor nas pernas.

No lado oposto da fogueira, meu pai, que avivava o fogo, pensava dominar a natureza, mas ela estava dentro das minhas entranhas, estávamos em conversa direta. E a mulher gigante dançava girando a saia nas brasas, soprando ideias e forças que uma criança jamais deveria precisar ter. No igarapé, ela chorava pra produzir a água que banhava a mim e a tantas meninas que não sabiam até quando era essa coisa toda de viver, qual era o tempo que a dor aguentava? Dava um mergulho, blu, blu, blu, tão triste e inundada de ódio. Era uma criança que queria mudar o curso do mundo, ao menos do meu.

Papai me levava pro sítio sempre que queria castigar minha mãe, porque era direito dele estar comigo, direito escrito sabe-se lá por quem. Nunca me perguntaram se eu queria estar com ele. Depois de um tempo, indo quase todos os finais de semana, conheci Luzia, uma senhora baixinha, com cheiro de patchouli, lembrava minha avó, mãe da minha mãe. Luzia cantava tão afinada. A gente comia peixe com as mãos, e ela catava minha cabeça. Ela tinha uma filha, a Dalila, tão carinhosa e engraçada, diferente das minhas colegas do colégio. E dessa metade do sítio eu amava tão profundo quanto as belezas escondidas do rio. Às vezes chorava, e Luzia perguntava:

— Que foi, pequena? — Levantava meu queixo. — Não presta chorar tanto — avisava, sentida.

No meu peito, um cordão de conta pra me proteger. Um presente bonito. E, às vezes, se voltava rindo da casa dela, algo dentro do meu coração dizia que me esperavam na frente da casa o pai e um cinto. Chicoteava a raiva que sentia das mulheres nas minhas costas, de joelhos quedava derrotada, olhando pra espingarda encostada na parede, querendo segurá-la de novo, dessa vez pra acertar o animal certo.

Ele vendeu o sítio e nunca mais subi na bicicleta, voltei ao igarapé ou abracei senhorinha Luzia. A moça do igarapé chorava, costurando a saia. A dor se tornou uma vela, derretendo no prato e endurecendo espalhada.

Aos meus dez anos, recebi uma visita em sonho. Saudei a primeira mulher que chorou nas águas, e o sítio afundou nas pedras, que tinham pontas feito lanças.

O barco e as cartografias da esperança

Não entendia muito bem o olhar da minha mãe, ela tinha mistérios acima da cabeça. Quando o sol ia caindo, eu ouvia o barulho da cadeira de embalo, que rangia como rangiam meus dentes nas madrugadas. Olhava o horizonte, viajando por lugares que nunca soube quais eram. A gente tem sempre essa fixação, quando é pequeno, em tentar adivinhar os pensamentos dos adultos.

Talvez algum dos meus irmãos conte essa história diferente e diga que minto ou invento. Mas tenho meus retalhos na memória e sei o que vi. Diferente das histórias de embarcações e grandes aventuras mar adentro, quem arriscou vida e crenças para atravessar as águas, os rios encantados das histórias da minha infância, não foi um homem, mas uma mulher, que tinha nome doce, mas sentia o amargor da miséria. Dulce.

Oyá colocou os ventos a favor da minha mãe, as águas agitadas batiam no casco do barquinho e diziam "vai virar", "as crianças vão morrer", e antes que a tempestade viesse, as folhas secas caíam nas nossas mãos, que ficavam estendidas para fora do barco sem permissão. As folhas secas eram os pensamentos de Oyá, nutrindo o solo, com suas lágrimas escondidas.

Com minhas mãos pequenas, pegava o vento, sentia as linhas do rosto da minha mãe, seguíamos em um barco desses, no qual muitos anos depois deitei com a minha menina nos braços, na rede avarandada. Tínhamos nossas brincadeiras. Com minha filha eram as palavras cruzadas, às vezes ela espiava as respostas no final da revista.

O barulho do motor acompanhava nosso coração e nos adormecia como um ronronar. A madeira pintada de azul e branco estampava o nome: Globinho do Mar. "Globiiiinhooo do maaaar", eu falava cantando e ela ria como se fossem cócegas. Minha menina pensava que o barco, por ser globinho, passaria pelo mundo todo. Parecia que aquelas águas barrentas eram todo o nosso mundo, e em alguns momentos eu lembrava da minha mãe, e podia jurar que ouvia seu gargalhar. Dava para saber quando as folhas caíam no barco. Elas carregavam risos.

Hoje sei que o mundo não é só isso, mas esse balançar das águas continua sendo tudo para mim. Sou embarcação, foi a cidade que às vezes fez o coração afogar. E quanto a não se debruçar muito para ver a água, isso aprendi com o puxão de orelha da minha mãe.

No dia que atravessamos, em busca de algo que não sabíamos, a Deusa abraçava o barco.

Anos depois, entendi que ele seguia para uma vida das caligrafias e navegávamos pelas lágrimas das mulheres que não conseguiram atravessar. Os chamados grandes escritores não escrevem sobre nossa travessia. Mamãe sempre dizia que quem é assassinado pela vida é também obrigado a levar para o túmulo sua própria história, mas eu não esqueço da nossa, porque ela está nas redes com que a gente pescava nosso alimento.

Era da vontade da minha mãe que o estudo fosse nosso futuro. No caderno com a capa das formigas, escrevia letras maravilhosas, caprichadas. Nos ensinava poemas e alfabetizava os pequenos da rua de casa. A rua era de terra e a poeira às vezes se mostrava no chão vermelho, os pés ficavam mais gelados nele, as sandálias da minha mãe brilhavam com as miçangas formando desenhos, no cabelo dela, meus filhos colocavam flores. Agora eram eles os novos poetas e a caligrafia dela ia sobrevivendo nas mãos pequenas da outra geração. Os cadernos iam amarelando, imitando o sol dos novos dias.

O vento de Oyá soprou meu rosto no meu aniversário de cinquenta anos e derrubou um porta-retrato da estante de ferro. Peguei do chão, intacto, era uma foto da minha mãe. Dulce, com as florzinhas vermelhas de fundo, vestia uma bata florida em preto e branco combinando com os cabelos. Senti que sorria para mim mais uma vez, tímida e forte. Tímida porque havia um medo e forte porque precisava, quem dera não tivesse sido sempre necessário tanto músculo e lágrima. É a foto mais bonita que já vi.

O vento me cercou forte, senti o rio barrento nos olhos, que transbordaram, doces, como o rio e o nome próprio de mulher, minha mãe.

Juçara

Metros de muralha, pedras tão antigas, que viram o romper de civilizações, conheceram as motivações de guerra e amor de comunidades distintas no manejo da terra e do gostar. Uma muralha que teve contato com ventanias e chuvas de tantas intensidades possíveis.

As gotas, vindas de um céu incerto, foram as que conseguiram de mais perto sentir a textura rígida de um sorriso inexistente, erguidas por gente com raiva e medo. E foram as mulheres que colaram uma pedra na outra com dor e lágrima.

E assim ela nasceu, menina e muralha.

A chave para a porta tão secreta nessa extensão de dureza não estava onde se tem estado à procura. Parecia não existir porta para transitar ao que havia além da estrutura cinza e tomada pelo musgo.

Juçara não conseguia ter o poder de fazer a queda d'água parar, o céu chorava muito e ela não sabia lidar com isso. A fortaleza rochosa de seu corpo ainda estremecia na corrente elétrica do sofrimento alheio, eram suas aquelas águas também, mesmo que o sofrimento fosse só um inquilino de passagem em cometa.

E batia a cabeça com força em seus sonhos. Às vezes, dormia. Era raro. Miolos esmagados, como o pássaro na calçada que pisaram, que ainda mexia a asa quando olhou, mesmo que imóvel, seus pequenos olhos pretos. Ele terminou a vida ali.

As palavras se apertavam para sair, ainda existia espaço entre as pedras? Um vazio meio sem sentido chegava, até tomava um café, se encostava na muralha. Juçara não era de ter esperanças em coisas tantas. "Nada deu errado, mas é certo que vai dar", rangia todos os dias.

A dor se tornou um costume que não se sentia mais, porque, veja bem, a muralha aguenta tudo!

Quando o sol mais quente do ano finalmente rompeu as pedras, foram de muralha indestrutível a farelos em segundos. Porque a ação do tempo correu por dentro, mas se insistiu em dizer: Juçara está bem, aguenta tudo.

Borboleta amarela

Ligação de vídeo.
Mãe, tudo bem?
Tudo, filhota, e você?
Olha, não fala nada até eu acabar, por favor.
Mãe, sonhei ontem.
Entrava no quarto.
Era uma porta de pano.
Via você sentada ao lado da vovó nos últimos dias dela.
Minutos depois, você se segurava para não cair no jirau do quintal.
O choro lhe arrasou, e eu não entendia.
Talvez nunca saiba o que é ser a lágrima que assolou seu rosto.
Sua mão tocava meu rosto e vinha uma promessa que um dia me chegaria o entendimento.
Hoje chegou.
Durante o tempo que nos afastamos sempre pensava na sua cicatriz de apendicite, como gostava de tocar nela, sentir que era uma capa de um besouro, sobrevivendo, respirando. Você sempre foi tão bonita. Hoje, bem mais. E nunca imaginei que fosse te ver tão de perto como hoje, vendo cada linha do seu rosto, cada palavra, medo, felicidade.

Eu era muda, um monte de folhas que não sabia como crescer, ainda não sei muito bem, mas me sinto árvore depois de tantos anos, pareço mais forte, mesmo que a força tenha vindo do sofrimento. Não queria que tivesse sido assim, como tem sido para as árvores da nossa família.

Aqui da copa consigo finalmente entender, uma mulher traça caminhos diferentes de um homem. Vai ficar tudo bem, mãe, queria ter dito naquele dia, um dos mais tristes da nossa história, quando a sua mãe foi partindo passarinha. Alzheimer é uma doença horrível para uma poeta, mas sei que você lembra cada palavra da vó. Antes que você me corrija, é poeta mesmo.

Não ia corrigir. Continua.

Desculpa por ter que dar tanta volta, mas hoje eu estou aqui, um dia de eleição, ligando com essa cara que tá uma merda, não vai ser fácil, tenho orgulho de você com as crianças e do que tem feito na escola. Nos últimos anos, entendi que estou adulta também e a gente tem vivido juntas debates e transformações, e você chorou quando eu disse que gostava de mulher, mas depois viu que era lindo a gente amar mulher. É verdade, tenho medo do tempo que avança, medo que a gente se separe com as tormentas, que você morra e eu não aguente, que eu morra e seja egoísmo. As tormentas, mãe, caramba, eu penso demais nelas, porque elas sempre chegam até nós e a luta das mulheres é uma constante. Tudo mastiga a gente com muito prazer.

Então, e o sonho?

Calma, mãe. Então, no sonho eu estou criança na mente, mas adulta no tamanho. Feito criança, que abria seus olhos durante o sono para checar sua vida, vou me aproximando, descansando com o ventilador colado ao seu rosto, me deito ao seu lado, e de repente vou caminhando pela sua cicatriz, com minhas patas de besouro. Sem que perceba, me alimento das suas tristezas, como quem limpa a alma de tudo que lhe faz mal. Sou a cicatriz do seu ventre. Estou sempre aí, mesmo que agora a gente more em extremos geográficos e este vídeo trave sempre. Numa outra parte desse sonho, você enrola meus cabelos no dedo e pergunto como lhe fazer feliz. Acordo, sem saber a resposta, e me afobo no absurdo de ter quase nenhuma para tantas perguntas. Nas vezes mais recentes que a gente se viu, ainda sinto o gosto do sorvete de açaí e o peso da sacola cheia de biscoitos para comer na viagem, inclusive, desculpa, eu esqueci. Mas eu trouxe você comigo, no meu peito, e quando sinto aquela dor apertando a garganta, lembro que tenho as palavras, a literatura, a semente incrível da cura de escrever, que você me deu, mãe. Desculpa por fazer você montar maquetes, pegar na mão, tomar o dever de casa, me fazer entender a fé de uma forma livre, de sonhar tão alto, de se mostrar, de ser acima de tudo minha melhor amiga, me ensinar a amar na sua forma mais intensa. Desculpa pela minha existência, que sinto que castigou você e seu crescimento em algum nível. Meu colo é seu, mesmo que eu ainda esteja perdida, sou a árvore que as raízes se entrelaçam com as suas, e a vida se renova. Eu te liguei porque queria muito poder voltar para o quarto da vovó e me ver puxando um banco, sentando ao seu lado, segurando sua mão. Eu, criança, você, adulta, mas a borboleta amarela veio buscar a vovó e eu não estava lá.

Mãe? Tá aí?

Merda, caiu.

Esperei você para o café

Rasos como todas as coisas que até aqui julguei importantes, esses olhos me traíram o tempo todo, me fizeram pensar que minha casa era de tijolos e cimento, mas hologramas enganam, assim como pessoas. Os ouvidos através das paredes são mais sinceros que qualquer palavra que saia da boca dos outros, aqueles que de tão próximos nada sabem dos meus pensamentos.

A porta, o quarto, os livros, a cozinha, as panelas, eu mesma. Tudo diminuiu de metro para milímetro, nada é tão assustador do que vê-la sorrindo ao me receber, esperando um alguém que a alteridade e o sofrimento mataram.

Minha mãe é alguém otimista demais, me recebeu dez anos depois que fui embora, como se o tempo fosse estático em relação ao meu crescimento.

Nada é mais do jeito que a cabeça insistia em lembrar. Bobagem pensar que fosse encontrar tudo igual. Minha ausência tinha sido preenchida, a dinâmica era outra, mas ainda conseguia me ver de alguma forma em algum canto daquele lugar, que um dia me referi como casa, onde me sentia segura, pelo menos nos dias em que era só eu e ela, sem meu pai.

Ainda tinha vários pensamentos bonitos em relação àquela casa de dois quartos e quintal enorme, mas grande parte desse aglomerado de lembranças era misturada com ficção. Lacunas de uma vida que não dava para esquecer, fingir, fugir, matar.

Em termos ficcionais me sentia melhor, voando para mais longe, como fiz e continuava fazendo, até que o destino cobrou a conta. Minha mãe insistiu que eu me sentasse em uma poltrona de mogno, que não era da época que morávamos juntas. Estava obcecada rapidamente com a ideia de olhar para os objetos e classificá-los como da minha época ou não, como se isso me aliviasse.

Eu, bicho, bicho selvagem que quer sempre saber onde pisa, mesmo que não me salve da maior parte dos problemas, reconhecia o território. Naquela cozinha, bombas já tinham estourado, mas mesmo que fosse absurdo sobreviver, lá estava a minha nova versão sentando, quase tranquila, na poltrona de mogno.

Ainda não sabia como me livrar da tosse e nem da coceira insuportável que me fazia descontroladamente arranhar o lado direito do pescoço, como um grito em forma de agatanhado. E a mãe ali, parada, em frente ao fogo esquentando um leite, que subia rápido, como todas as coisas que vivemos, até transbordar por um descuido.

Ela fez uma piada sem graça sobre um velho do sítio onde ela cresceu. As risadas cortaram o constrangimento, dissipando o silêncio do peso que o momento trazia, parecia simples. Seu riso era escandaloso, como os melhores costumam ser, talvez, dessa vez fosse acontecer finalmente, nós duas. Ela insistia:

— Ei, é tua casa, minha filha! Parece que tá travada. Eu, hein.

Mamãe arrumou minha cama, colocou o lençol que eu usava quando era criança, fez questão de falar disso. Fiquei constrangida, era estranho. E na mesma noite, a gata Zizi dormiu comigo na cama, foi um dia depois que a vó Celinda morreu vomitando fezes. Mainha não gostava que eu explicasse assim a morte da ex-sogra. Eu não sabia florear a morte.

Deitei, fiquei olhando um tempo para os objetos do quarto que pareciam chorar ou me paparicar demais. A cama rangia, talvez pensasse que eu fosse ficar. Zizi dormia profundamente. Até hoje acredito que a gatinha inocente, que tinha nome de cantora, tentou me curar naquela noite. Durante os anos seguintes, Zizi adoeceu, e me sinto culpada por essa morte também. Minha casa era o mundo. Arrumei as malas, como sempre tenho feito quando a morte se concretiza ou se anuncia. E a cadeira de mogno continuou vazia.

As palavras por debaixo da porta

A porta entreaberta. Uma criança que precisava em desespero de um farol. Os comentários baixinhos sobre a novela que iam se transformando em gigantes. Rompiam-se as barragens, de repente, nasciam os gritos com pedidos de socorro. Não era tragédia, era crime. Todos os dias não sabia o que fazer comigo mesma, procurava formas diversas de me tornar a Silvia surda, porque doía imaginar o que os gritos eram. Tinham imagem, rosto. O sofrimento não é desastre natural, ele é arquitetado por quem tem poder.

— Ela tá desequilibrada, vai passar, volta pro quarto, filha — falou rindo e com calma.

Eu ia me afastando da lágrima da minha mãe, cada vez mais magra e sem forças de lutar. Ouvia aquele grito de raiva e choro, aceitava meu medo e fingia acreditar que era isso mesmo, ela estava enlouquecendo enquanto mordia a mão dele.

— As mulheres da família da tua mãe são todas loucas ou morreram de retardo, aquela tua tia que tu ama toma cartelas e cartelas de remédio. Tua mãe não tem a mínima condição de cuidar de ti, pra começar, ela nunca te quis. Te cuida, que tu tem esse sangue. Então, Silvinha, alguém precisa ser controlado nessa casa — disse, enquanto segurava mamãe por trás, no que chamam de abraço de urso. No sofá atrás deles, meu ursinho, o

Beto, era marrom claro e tinha uma lágrima costurada no rosto. Quando ganhei, achei que era minha versão em pelúcia, imediatamente toquei na lágrima. Era o animal da nossa família.

— Tá bom - disse, meio engasgada.

Meu pai tinha uma forma muito eficaz de me convencer, ele conhecia meus meandros, às vezes, sentia que lia minha mente. Não que acreditasse nele, mas ficava mais fácil escolher crer.

Tinha um buraco naquele universo que me abrigava, um quarto com livros, discos da Siouxsie and the Banshees, cartazes do Nirvana na parede e bichos de pelúcia — alguns eram cobaias que eu beijava na boca, treinando para um primeiro beijo que só aconteceu cinco anos depois em uma festa no sítio de algum parente — que mostravam que eu era um meio termo entre querer brincar e gritar. Meu grito era feito da argamassa do silêncio. Doía.

Colocava os fones, escolhia uma música no discman — que pena não conhecer Gal Costa nessa idade —, escrevia no caderno preto escondido debaixo do colchão. As folhas eram recheadas de frases e poemas românticos — que praga — inventava uma paixão colegial por um garoto qualquer, como se elegesse aleatoriamente qualquer pedaço de merda para adorar. E assim me debruçava sobre essa imagem para escrever.

Tinha onze anos, às vezes me esqueço que sentia tanto com tão pouco tempo no mundo. Dizem que as meninas amadurecem cedo, mas ninguém me ensinou, apenas precisei. Acreditava que a escrita precisava ser sobre amor, mas não o próprio, esse nem passava pelos pensamentos. Não havia mulheres para conversar, porque todas elas não tinham mulheres para conversar.

As brigas dos meus pais eram um mundo paralelo, por muito tempo fui uma garota que ignorava todas as situações que causavam medo e eram fruto da violência ou a geravam. Na fase adulta, resolvi que apanhar no sexo era prazeroso.

Escrevi cartas de amor da quinta a oitava série para o Fernando, o garoto mais legal da escola. Ele era branco, loiro e carioca — um riquinho esnobe —, e isso já era o início do pensamento que me destruiu muitas vezes. Se fosse a salvadora de homens ruins ou fizesse eles perceberem que eu era digna do amor deles, a mudança do meu pai seria possível.

Olhava compulsivamente as fotos de casamento dos meus pais. Escrevi na época uma redação muito elogiada pela professora de português sobre minha foto favorita do álbum. Era uma em que de dentro do táxi eles acenavam pela janela traseira. Talvez se mamãe se esforçasse, seguindo meu exemplo de acreditar no amor, eles poderiam ser felizes.

Voltando da aula, senti um cheiro de queimado forte quando abri o portão de casa. Fui correndo com medo de ser uma tragédia. Ela, com um pedaço de pau, mexia uma fogueira no fundo do quintal. O papel fotográfico ia enrolando.

— Sabe, naquele dia minha mãe disse que eu podia desistir, mas era tarde — cutucava o fogo — estava aprisionada naquele vestido, com um batom rosa, estava pálida, cor de morte, mas pensava que a gente — respirou fundo — não ia conseguir. As mulheres sabem que no fundo tão só sobrevivendo.

— Eu e você que não íamos conseguir, mãe? — perguntei triste.

— Não, a outra criança — tocou na barriga —, que eu nunca vi o rosto — disse, já entrando em casa.

E como fedia aquela fumaça.

Nessa noite foi difícil dormir, o medo da escuridão era real. Precisava muito da porta entreaberta, da luz acesa. O medo talvez não fosse do breu, mas de não poder ouvir os gritos, ver as lutas. Algumas vezes queria interferir, outras recuava, e não era estratégia. Na escuridão também aconteciam coisas das quais nenhuma mulher se recupera. A porta do quarto deles estava quase sempre fechada, como faziam silêncio em alguns momentos não parecia urgente me preocupar, mas eu sentia que era o inferno entre quatro paredes. Sentia que eu era fraca por não interferir.

Aprendi a enxergar na escuridão, dentro das caixas e caixões, sou a adulta que fecha a porta, apaga a luz e dorme sozinha banhada em sangue de louca.

A *próxima parada*

Sempre preferi borboleta à roleta. Parecia que eram duas asas feitas de ferro, quando empurrava com meu corpo, a borboleta rodopiava, e nós voávamos juntas naqueles dois segundos. As asas faziam um ranger de quem tem medo de voar. Andar de ônibus depois de tantos anos se tornou uma coisa da rotina, daquelas coisas que ninguém reflete sobre, é como espetar o garfo na comida ou escovar os dentes. São coisas que eram especiais ou novidade em algum momento da caminhada, mas depois foram pegando corpo mecânico.

Pensava muito sobre isso nas viagens de ônibus para a universidade, eram nelas que um cara chamado Gabriel — amigo de um colega de turma — me olhava e desviava o olhar quando eu olhava de volta. Ele era magro como os músicos de rock dos pôsteres do meu antigo quarto e um pouco mais alto que eu, o que é fácil, porque tenho um metro e sessenta. Todos os dias a gente se via, mas não se falava.

Nosso amigo em comum, o Renato, comentou que o Gabriel tinha uma vontade muito grande de sair comigo, mas que jamais iria me convidar. Era tímido, em um nível muito alto. E seguimos com a nossa rotina de olhares, que cada vez mais mergulhavam um no outro. Sentia que o conhecia desde sempre, imaginava todas as conversas que teríamos só de olhar os livros que ele carregava, lembro que foi por causa dele que peguei emprestado *O Conde de Monte Cristo* na biblioteca da universidade, e briguei com a bibliotecária porque comentei que Alexandre Dumas era negro. Ela disse que eu não sabia mais que ela e me mostrou uma pintura no fundo da sala, era o Dumas branco.

O ônibus era meu lugar especial com o Gabriel, sempre agradecia minha mãe por isso.

— Não tem necessidade de ela ir de ônibus se posso deixar ela de carro.

— Mas ela precisa aprender, só isso.

Era uma constante luta da minha mãe para que meu pai não tivesse sempre o controle de tudo, principalmente de mim, mas ele já tinha. Não éramos nem de classe média, a minha vó paterna que era uma mulher com dinheiro. Como meu pai a extorquia, ele nunca precisou trabalhar na vida, e tinha sempre um carro e algum dinheiro para comprar brinquedos que apagassem minha memória. E os pés da minha mãe sempre na máquina de costura.

Todos os dias ele se arrumava e saía de carro para o trabalho que fingia ter. Várias vezes meus amigos o viram tomando uma vitamina na praça, apostando dinheiro ou jogando conversa fora com alguma mulher. Eu nunca contava para mamãe, mas acho que não tinha necessidade se o objetivo era ela saber.

Era parte da rotina dele controlar as nossas vidas, isso incluía meu trajeto para o colégio. Se me atrasasse literalmente cinco minutos para aparecer na frente do colégio, era motivo para briga e com certeza uma surra. E foram muitas. Meu corpo conhecia todo tipo de dor com objetos diferentes. Sandália, livro, prato, folha, galho, cadeira, controle de tv e quase sempre chute com soco.

Todo mundo já sabia que a Sílvia era uma garota estranha, que estudava exaustivamente e comia compulsivamente, mas nunca me perguntaram se eu estava bem. Se algum garoto estivesse conversando comigo na porta do colégio, era motivo para uma surra maior, e uma vez ele quase atropelou um deles.

Tudo era motivo e, paradoxalmente, a cada surra que retirava minhas forças, eu ficava ainda mais forte. Mesmo assim insistia em amá-lo, porque o fato de termos a genética nos conectando pesava nos meus pensamentos. A inadequação era minha — me cortava em segredo — só podia ser.

— Bora, Silvia, vem logo! Tá cega, porra? — deu um tapão nas minhas costas — Tô aqui já tem dez minutos, sua filha da puta.

— Desculpa — tentava segurar a lágrima solitária, que rompia com cheiro de ódio.

Ele farejava meu ódio.

No outro dia, mamãe arquitetou um plano que fez com que fosse impossível ele me deixar no colégio.

— Não vou conseguir, por que isso, mãe?

— Cala boca, Silvia, isso aqui é um treino.

— Treino pra quê, sua louca?

Ela olhou para mim com os olhos marejados, e me deu um tapa.

— Sobe — disse seca.

Já tinha onze anos, não dava mais para passar por baixo da borboleta. Pagamos.

Automaticamente envelheci setenta anos. Segurava nos ferros como se a cada arrancada do ônibus fosse cair no abismo. Não tinha equilíbrio, e quase chorei, como uma criança mimada e ridícula. Sentamos uma ao lado da outra, olhei pra minha mãe, que lagrimava melancólica.

— Sou uma vergonha, desculpa.

— Não, Silvinha — colocou uma mecha do meu cabelo atrás da minha orelha — você só não imagina o quanto uma borboleta precisa voar — e me abraçou até o ponto da nossa descida.

Dez anos depois, me sentia familiarizada com os ônibus, pegava dois para ir do trabalho para a aula, e no segundo encontrava o Gabriel. Até que ele começou a não aparecer mais no ônibus, e fui murchando. Tinha dias que me dava uma raiva, sabe? Por que ele não aparecia mais? Estava me evitando, tinha mudado o horário para não me ver mais? Passou um mês e sentia que tinha que superar.

— Renato! Espera!
— Oi, Silvinha, beleza?
— O Gabriel não gosta mais de mim?
— Silvia, pensei que você soubesse.
— O quê?
— Gabriel teve uma parada cardíaca.

Fechei os olhos e me vi rodando na borboleta, velha novamente.

Quando dois pássaros se perdem

Ela queria voar, corria no campo imenso. Minhas pernas em pensamento se esticavam, corriam na velocidade igual. Acompanhar com os olhos sua corrida era o ponto alto do meu dia. Disparava pela terra laranja do campo de futebol maltratado do colégio de padre onde estudávamos. Alana era filha da professora de informática e isso causava um certo constrangimento pra ela, coisa de adolescente que não quer que os pais vejam como eles se comportam em sala de aula. É bom ter uma vida separada do que se espera de você.

Sempre teve uma cobrança de excelência em relação ao comportamento das garotas nos colégios religiosos, mas a gente tinha uma vida toda pra descobrir, quem poderia parar a vontade de usar a calça jeans mais apertada ou o cabelo solto? Ela podia fazer tudo isso, tinha uma beleza que chamava atenção dos meninos, mas algo muito masculino que na época me dava medo.

Hoje compreendo que ela era meu ideal de liberdade. Alana era um lençol branco, não porque o silêncio fosse um medo no modo como colocava o corpo no mundo, mas porque não precisava manchar pano algum em busca de atestado de pureza. Ela provava coisas para si mesma e tinha medo de ser a garota certinha, filha da professora de informática.

O corpo todo pulsava e me sentia completa de uma energia futurista, mesmo sentada na grama sem mexer um músculo. Ela voava com as pernas tão magras e os cachos todos presos com muita força. Era o meu corpo ali à espera dela que marcava uma volta completa. Geralmente completava vinte meninas medrosas, o método de contagem, pelo menos era isso que eu era naquela época, poço de medo. Alana me mostrou as possibilidades que brotavam de ser algo fora de contexto, era arriscado para o meu mundo tão disciplinado estarmos juntas. "Vocês não se parecem", diziam sempre. Se ela me abandonasse no meio do caminho, será que eu saberia o caminho de volta?

Era a única amiga que sabia convencer meu pai de qualquer coisa. "Você tem que aprender a enganar os homens, tirar o que eles têm de melhor antes que eles te matem", argumentava quando eu fazia uma cena dizendo que ele não ia concordar que eu saísse com ela ou dormisse dois ou três dias fora de casa. Por alguns momentos esquecia que Alana tinha apenas quinze anos.

Mostrava vitoriosa a coleção de projéteis, tinha um fascínio pelas balas e pelas histórias que elas encapsulavam, porém não admirava as armas. Também sabia tudo sobre aviões e estudava há anos para a prova da Força Aérea, voar era uma meta e uma obsessão. Quando os dias de escolher uma profissão para o futuro se aproximavam, ela ia cada vez mais mergulhando na ideia de que voar seria uma boa solução pra ter a vida diferente da que tinha, não que fosse uma vida ruim. Era uma casa com três mulheres. Alana, a mãe e a irmã pequena.

A mãe era rígida, porque era movida pelo medo das filhas engravidarem cedo e terem dificuldade profissionalmente. Não foi muito fácil ser professora e coordenadora de um colégio tendo duas filhas, mas ela conseguia, como muitas mulheres que nunca podem contar com os homens e, depois de um certo ponto, até preferem que eles sumam.

Alana convenceu a mãe que precisava de aulas de reforço direcionadas para a prova da Força Aérea, mas ela não precisava, sabia muito mais do que o soberbo professor. Soube que ele era um homem arrogante desde o primeiro olhar que trocamos. Era um ex-piloto. Com o tempo, eles riam muito e ela ficava depois das aulas para trocar ideias e apresentar dúvidas, como forma de fazê-lo se sentir necessário e grande.

As aulas eram aos domingos, eu ia com a desculpa de que precisava melhorar na matemática, mas tudo em absoluto no meu mundo era pra tentar cuidar da minha melhor amiga, cuidar nos meus parâmetros de perigo. Ela era a única coisa boa que eu tinha dentro de um universo que ninguém me enxergava, talvez eu fosse tão parasita quanto aquele homem.

Foi no último domingo antes das férias que vi, no fundo do corredor das salas de reforço, depois de todos terem ido embora, eles se beijando. Imaginei ele dentro do avião, fardado e caindo, caindo, despencando, queria que morresse, mas que queimasse também. Voltei chorando para casa, quedada de uma melancolia que jamais havia sentido, e qualquer coisa poderia me acontecer, era feito de anestesia meu corpo.

"Olha, este é o livro dos sonhos", Freud tinha chegado ao mundo dela enquanto eu era prisioneira de uma Todateen. Quando as aulas voltaram, ela tentou se aproximar para me contar suas escapadas com o piloto. Eu não podia contar meus sonhos. Às vezes, eu caminhava pela tentativa de uma ou duas páginas de prosa, que eram péssimas, precisava desabafar. Escrevia mal, mas Alana insistia em me mandar uns bilhetes com frases motivadoras. Eram arremessos certeiros na minha cabeça ou que caíam direto no meio do fichário aberto. Desembolava o papel pautado sabendo que era dela, só existia uma pessoa no meu mundo. "Bichinho lindo, você escreve muito bem, mas falta soltura."

Queria escrever sobre ela.

Em certos momentos, me incomodava esse apelido, como se fosse sua mascote, mas como amava seguir Alana por aí, me motivava a aceitar o título. Sentia que precisava ver em que lugar ela chegaria, não só como pessoa no mundo, mas como alguém que bagunçava algo importante dentro de mim, mesmo que eu sentisse que crescia só um vazio nas minhas entranhas. Era a expansão do eco. Ela era minha boia.

A ponta do projétil rodava nos meus sonhos, Freud fazia uma trança nos meus cabelos, ele sabia tanto e nada. Por um momento eu era parte do projétil. Depois era algo além dele, e assim minha testa aceitava sua perfuração lenta, como se fosse uma parafusadeira engasgada.

Fugimos em uma tarde depois que Alana descobriu que estava grávida do professor. Ele prometeu fazer dela um sucesso, que passaria de primeira na prova da Força Aérea, mas ela não conseguiu, caiu na corrida, e depois o teste positivo nas mãos, feito no banheiro da escola.

No ônibus, por uma hora, a gente foi feliz. Eu sentia que ia ser mãe daquela criança junto com ela, íamos dar um jeito. Até que na terceira parada da viagem descemos para beber água, e ele estava parado na frente de um Gol branco. Alana correu pra um abraço romântico. Voltei para casa com eles, enquanto faziam planos de casar. Ele ia deixar a esposa com quem tinha dois filhos. Eu tinha tentado universidade pra outra cidade, era certo que não passaria, mas passei.

Foi a primeira vez que saí do lugar, corri na terra laranja. Entrei no avião, era início de fevereiro. Imaginei que era Alana quem pilotava, apertei o cinto.

Parte 2
Quando os lábios roxos gritam em caixas de leis herméticas

Um fogão entre as marés

[Frente]

Santarém, 04 de abril de 1996.
Eu estava doente essa semana, mas estou bem melhor. Graças a Deus. Recebi o seu presente, fiquei feliz. Não imaginei que você ia me dar grande presente de um fogão agora ainda criança, mas Deus passou pelo seu coração e você sentiu o amor espiritual que existe em nossas famílias. Um carinho para você, sua mãe e para o (nome riscado).
Beijos da sua avó Raquel, com muito amor.

[Verso]
Filha, quando a Silvia estiver falando sobre mim, não chore. Agradeça por ter este presente, que é sua menina, que é compreensiva, inteligente e tem muito amor por familiares. Isso é coisa de dom que Deus dá. É pra quem ele quer dá. Quem não sabe repartir, não sabe amar. Estou sempre com você. A camisa ou casaco está boa, obrigado, faltou aumentar na largura um dedo. Não precisa ser pano caro, é para diário, hoje eu já vesti.

Fé sempre, que o coração da gente escuta e envia as orações para o alto.

✱

O cajueiro tinha a idade de mulher adulta, a raiz era um pouco alta, dava pra se escorar de leve. Ela lia seus livros, escrevia poemas e às vezes ficava só ouvindo música, desenhando círculos na terra com um graveto, tudo debaixo do cajueiro. Naquela tarde, ela estava sozinha na casa da mãe, era o último dia das férias, o tédio era palavra enorme na cabeça.

Aquele cajueiro nasceu bem antes do sonho de cada tijolo da casinha verde abacate. Antes mesmo de colocarem as portas de madeira, pendurarem os quadros e escolherem onde a televisão ia ficar. Antes do choro do menino menor. O cajueiro viu as crianças crescerem, ouviu palavras feias, chorou escondido quando a tempestade teimou. E o coração do cajueiro pegou o ritmo tum tum tum dos corações das mulheres da casa. Nair, a mãe. Silvia, a filha.

A carne dos cajus era carregada de muito líquido, uma sustância de tristeza, mas uma vitalidade da linhagem do mulherio que pariu a vida dessas carnes. Foi assim, o cajueiro se juntou com as duas e cresceu todo mundo no mesmo passo. Nos piores dias, ele as alimentou. Nair comia os cajus com farinha baguda de quebrar dente, não podia muito comer farinha, mas comia.

As coisas iam se organizando.

A esperança de sorrir mais se achegou ao redor do cajueiro, que tinha sorriso de Zambi, de onde provêm todas, absolutamente todas as coisas do universo. Só Nair e Silvia aparavam os cabelos da árvore, e ai de quem fizesse machucado nela. Tinha outra coisa, precisavam em alguma hora dar os cajus, se não estragavam nos pés.

Silvia procurando fotos, lembranças nas pastas intocadas, achou a carta da vó Raquel.

Quando ela tinha sete anos, visitou a vó nas férias de dezembro. Como a língua era maior que tudo, falava todos os pensamentos. Quando viu o fogão velho da vó, não se controlou.

— Vovó, vou te dar um fogão novo um dia! Um bonitão.

— É mesmo? Não se preocupe não, você é criança, tem que brincar e estudar.

Depois que Silvia e os pais voltaram pra Manaus, casou dela escolher um número de uma rifa, ganhou um fogão. Era marrom, com os botões todos redondos e pretos. Bateu pé. Era da vó Raquel. E lá se foi, de barco mesmo, que era a forma mais barata dele ir. As coisas eram sempre assim, era o rio que dizia o rumo, que escolhia a hora.

A carta apareceu, amarelada, e gritava me lê. As folhas do cajueiro respondiam ao vento, mas o vento não tocava na carta. Se tocava não dava pra perceber quase nada. Silvia ia lendo, o corpo ia respondendo com um tremor leve, uma pontada nas costas, e as folhas se agitavam ainda mais a cada linha lida.

Lembrava pouco. Tinha pensado e falado da história do fogão pra alguns namorados que teve, era o nível mais alto de intimidade que alguém como ela poderia dar, mas o abismo sempre se mostrava, porque o fogão era uma das coisas tão lindas dessa história todinha, que só as mulheres ligadas ao coração do cajueiro poderiam entender.

Sentiu o cheiro do doce de caju e a carne dele ia chorando palavras, que grudavam na colher, que mexia e mexia com o açúcar dos dias que se aprumaram.

Um caju caiu na cabeça, voltou da lembrança.

Caiu no riso.

Limpou a lágrima última.

Guardou a carta antes que a mãe chegasse, era o nome do pai que estava riscado.

Entendeu a mãe aí.

Era pra ter sido só elas, mas não foi.

Passou, e como a vó dizia, a gente escreve coisa ruim na areia, que o rio leva.

Deixa estar, que ele leva.

Pegou um caju. Mordeu.

Ilha do rato

A mão precisa ser um pouco mais leve, se você coloca muita pressão pode rasgar o papel e quebrar a ponta da lapiseira antes mesmo de escrever uma palavra inteira. Meu A não é tão bonito, mas tenho orgulho do meu S, acho que me dou bem com algumas letras de cara, as outras é questão de tempo, uma paciência que nem sempre tive, mas que a vida foi dando conta de ensinar e mostrar o caminho.

Não sei se comecei tarde demais a escrever, porque sinto que escrevo igualzinho a gente muito avançada e tenho a empolgação de um erê. A vida é sempre novidade, que nem o rio que arrudeia cada passo que a gente dá, tudo vai só chegando e vou na espreita lutando, esperando, tudo de uma vez só.

Hoje me olhei no espelho e vi um rosto diferente, paro pouco para me olhar. A última imagem que tinha bem forte no espelho era de mim aos vinte e um. As minhas mãos eram diferentes e minha caligrafia era de tacar fogo de feia, mas foi a sua mão, que conheci no dia do sol mais quente do ano, que repousou na minha — diferente do que eu estava acostumado — me tirou para dançar. E sorriu, sorriu grande.

Sua mão macia e pequena ia segurando com a pressão certa a minha, e juntos íamos fazendo a lapiseira rodar, que nem casal apaixonado no salão. Você me conduziu nas palavras. Fui acompanhando sem saber no que ia dar. Deu no F com pontas tão enroladas que parecia um rapaz com cabelo de gel. Era eu o rapaz F, olhando no espelho e decorando as letras do ABC.

E não demorou muito a gente casou. Você, eu e as palavras todas. Todo dia era uma preparação de pote com erva para curar tudo quanto era gente, e escrevia o nome dos milagreiros remédios tudo com letra perfeita. Quando as feridas me apareciam, era com palavras e plantas que você me curava, e eu pensava na letra P. Cada coisa vinda de você fazia eu me encontrar com uma letra, encontrei todas nos anos que viramos juntos, e olha que foram muitos. Nem de tudo tenho orgulho, mas tenho "um sinto muito" verdadeiro dentro de mim agora que você partiu.

Estava aqui sentado na frente de casa, quando de repente senti pulsar as cicatrizes antigas da minha perna, senti a dor e a felicidade, porque voltei no tempo lembrando longe. Era lá, na ilha do rato que eu estava, construindo um barco, pintando. Coisa boa de sentir, de testar o casco, de imaginar quantas viagens ele ia aguentar. Chegava ferido da vida, da rotina e até das coisas da alma, assombrado talvez, e lá vinha você com as suas ervas, pomadas, e a minha pele gostava desse cuidado. Esse casco grosso que sempre fui, amolecia pouco a pouco contigo: água doce.

As pernas voltaram ao normal, não demorou muito, nossa mais nova vinha andando com o filho no braço, pediu para morar um tempo comigo, e foi ficando, era bom, tinha medo de morrer sozinho. Quando ia ficando noitinha, pegava nosso neto no colo e andava pelo bairro com ele, pegava sua mão e ensinava a apontar para lua, aprendi a guiar.

Dia desses, ele pulou na rede comigo, estava ouvindo o jogo, mas tudo bem, apesar de não gostar que ninguém me incomode. Perguntei o que o pequeno queria, foi aí que ele riu e disse: lua. Foi a primeira palavra dele, fiquei besta. E me vi jovem no espelho outra vez, escrevia o F com gel no cabelo.

Desculpa por não falar de saudade, é que falo sozinho, sinto uma dor no peito, tenho medo, basta a velhice, não quero que me tirem para louco, mas bem que queria ir pra ilha do rato construir um barco. A gente ia escrever as letras no casco com a tua mão por cima da minha.

Apartamento

Voltei da praia, o rosto rosa, as rugas. Brinquei com a vó que estava igual a ela. Nos embalamos juntas na rede.
Bora fazer uma foto.
Ah, não, menina.
Bora, vó.
Eu estava triste por amor, lembro bem.
Não lembro quem era que eu amava, mas eu não me amava.
A vó estava de pijama, eu estava de blusa verde. Uso pouco verde hoje em dia.
E ninguém sorriu pra foto, mentira, eu sorri, mas não era o sorriso de agora. Era triste. A vó também não estava bem, mas ela não sorriu nadinha.
Lembrava dela sorrindo, mas tempo desse revi a foto, nada, nem um sorrisinho. Tinha coisa dela que eu não sabia. Vó era mulher, sofria de amor, mas pra gente vó é vó, mulher é uma outra coisa distante.
O vô dormia no outro quarto, com tanto livro.
E a vó com tanto creme gostoso e tanta tinta óleo.
Ele com os livros.
Ela com os quadros.
Era eu o par dela, a gente ria.

Vó, é dia de ligar o ar condicionado, você prometeu.
Tá, liga lá.

Subia na cama e doía o dedo pra levantar a alavanca. Não tinha controle mais.

Já gosta do gelado, né, menina?

Um dia, bem antes desse dia, o dia com artigo definido grande mesmo, na verdade, anos antes desse dia... (eu tinha dez anos ou menos) o vô tinha ido morar um tempo longe, mas ninguém admitia que era separação.
Era pra ajudar o filho, cuidar do neto.
Fiquei com ela, pra não dar eco no apartamento. Pedi alguma coisa. Veio o não. Esse não que nunca vinha. E ela surpreendeu.
Não, menina!

E desmoronei,
errada,
muito errada.

Por isso que o vô te deixou, você é ruim, vai morrer sozinha.

Menina malcriada, ela deve ter pensado. Estava no olhar dela essa expressão. Sei bem.
Ela chorou.
A minha alma saiu do corpo, era menina-menina, mas sabia que era feio o que tinha saído pela boca.
Vó, desculpa.
Virou as costas. Se trancou no quarto.
Passou.

Quinze anos depois, eu tive um pesadelo. A vó morria.
Acordei com uma ligação.
Vó morreu vomitando fezes.
Calei com o celular na mão, que escorregou.
Chorei, aquele choro do apartamento.

Me tranquei, não no quarto, mas dentro de mim, com os livros, com os cremes, com as tintas e com alguém que não sei quem, que dizia baixinho e risonho no meu ouvido: Morreu sozinha a vó, vomitou o que você disse, maldição de menina-menina.

E a alavanca do ar-condicionado emperrou pra sempre.

Tudo congelou. Eu, a vó e a rede, na foto, em que ninguém sorri de verdade.

Para voar com os ratos no verão

Que tipo de ave eu sou? A cabeça diz "pombo" e o coração da menina, que ainda mora nas minhas memórias, a menina de dez anos, diz "tsuru", a ave sagrada japonesa, o primeiro origami que tentei fazer e até hoje não consegui. Longevidade e sorte. Voei nas palavras, nas memórias, ainda angustiadas. "É rato de asa", disse um adulto enquanto eu alimentava os pombos e corria para fazê-los voarem.

Na foto com minha vó Celinda, usava um conjuntinho lilás — uma graça —, o cabelo longo e desgrenhado com uma franja caindo nos olhos e uma bolsa que imitava um morango. Em torno de nós duas, os pombos nas calçadas em frente ao Teatro Amazonas em Manaus. E eu podia correr desde que fosse de mãos dadas, como ainda sinto estar ao acordar dos pesadelos.

Mamãe trabalhava na Zona Franca, na Panasonic, e vovó, que já era aposentada, se mudou para Manaus só para cuidar de mim. Era mais do que neta, era uma filha, e às vezes minha mãe sentia que perdia espaço para a sogra, mas agradecia pela ajuda.

A garotinha da foto pensava que adulto não tinha medo de nada e queria muito ser um. Quando aquele senhor disse que os pombos eram ratos, cutuquei o cascão do joelho com raiva. Doeu. E ainda dói ter as imagens lindas destruídas. Os pombos eram animais maravilhosos na minha imaginação, porque eu podia me aproximar de alguma forma, mais do que conseguia ao tentar com alguns adultos.

Voavam. Nossa, eles voavam!

Gosto de passeios nas praças e monumentos, deve ter começado daí essa paixão. Quando o crepúsculo chega, me aconchego com as visões de pombos, que viram tsurus. Talvez eu seja o pombo chamado de rato, tratado com nojo por muitos. Talvez fique feliz com migalhas e queira voar para alegrar a menina que acredita que pode ser o que quiser. Nem o furar das orelhas a gente decide. Nem todo corpo pode seguir suas próprias regras. Foi assim comigo, decidiram por mim. Voar não significava ser alguém livre ou a serviço dos sonhos. Eu era uma menina, e meninas têm como super-heróis seus pais. O meu tinha poder de destruir sonhos. O meu sonho era voar.

A foto foi uma daquelas que o fotógrafo, que andava na praça em busca de turistas, mandava pelos correios. Ele capturou um pedaço intocável, eu e a minha vó fomos felizes naqueles instantes. Era um passaporte para momentos em que correr de mãos dadas com os pombos era a nossa forma de passar um tempo juntas, e no final dos passeios vó Celinda sempre me dava um origami de tsuru. "É pra você, pequena", falava sorrindo. Eu tinha o mundo nas mãos e asas nas costas.

Anis

Caso me matasse, será que mataria você junto? Porque só faria isso se tivesse a certeza que você no mundo ia ser negócio que acabaria. Não como uma ideia, mas como matéria mesmo. Seus dentes amolecendo feito bebê, mas nada mais ia nascer de novo, as unhas crescendo tudo que teriam pra crescer e caindo no momento seguinte. Sua energia baixando na hora, caindo pressão, suor, como bateria viciada. E tudo que saísse de podre de você ia ser parte de mim aprisionada nesses anos.

Se for assim, me ensina esse negócio de se matar? A gente escolhe aqui a forma mais rápida e menos trabalhosa, quero morrer fácil e rápido, a gente faz esse contrato, fecha no cartório, que tal? Você também ia falsificar essa assinatura? Você é bom pra caramba nessas tramoias, vai ficar tentado a assinar por mim, né?

Beleza. E se eu tomasse várias pílulas, secasse a garrafa de velho barreiro que tá embaixo da pia, abafada com cheiro de mofo, roesse as batatas cruas do congelador e tomasse o resfenol, aquele remédio pra gripe que uso pra dormir, será que se tudo isso se encontrasse dentro de mim em questão de minutos, seria o suficiente pra chegar perto do prazer de lhe ver morto?

Você me matou tantas vezes, deixa eu matar você uma vez só, por favor?

✳

Estava no consultório da terapia e o barulho do meu joelho impaciente irritava a secretária, eu vi na cara dela. Aquela água com areia que a gente ouve quando mexe a perna pra cima e pra baixo. Mexia a perna e ela a caneta. Uma estava dançando com o problema da outra. Me senti impotente mais uma vez, segurando uma Claúdia, me achando louca. Deve ser porque desde os anos setenta tem mulher segurando essa maldição de revista. Estou exausta de me sentir louca, de ficar paranoica de que sou muito importante e desmerecida ao mesmo tempo. O pior de tudo é que não tenho ego que encaixe com tal comportamento. Sou insatisfeita com a minha existência, mas ao repetir que me sinto bem comigo mesma, fui acreditando nessa farsa, e às vezes confundo. Será que esse negócio de me amar é mesmo uma coisa que sinto?

✳

A gente tá no seu velório, já pensou, seguro na sua mão, você dentro do caixão, chego no seu ouvido, todo mundo imagina que estou falando "descansa em paz", mas é um "demorou, hein? vai pro inferno", e eu tenho uma vida maravilhosa depois, já pensou?

Lembra daquele dia? Tinha dez anos, você sorriu pra mim, estava dentro do meu quarto ouvindo música no fone, não escutei você chamar, segurou minha mão, me levantou com um puxão que quase deslocou meu braço, e a Marisa Monte cantando segue o seco sem sacar que o caminho é seco
sem sacar que o espinho é seco
sem sacar que seco é o ser sol
sem sacar que algum espinho seco secará
e a água que sacar será um tiro seco

e secará o seu destino secará
e você chuta minha costela, grito "para!" e você continua e agora a Marisa canta distante, só de um lado do fone partido.
Foi um dos meus velórios.
Estamos quites. Um segurou a mão do cadáver do outro.
Queria muito que você retirasse tudo que fez comigo, que fosse um mago muito poderoso e arrependido e pudesse refazer com amor os nossos passos juntos.
Todos os dias fico me perguntando se me tocou inadequadamente, não lembro de tanta coisa, tenho medo de que isso tenha acontecido. Lembro de ver seu pênis de relance. Eu lhe desprezei cada minuto que estivemos perto, mas tiveram noites que sonhei que esfaqueava seu peito e no final era o meu perfurado, tantas e tantas vezes, mas já era,
sempre foi.
Amor foi uma vontade de criança, me sinto um ser humano ridículo por ter almejado por um período conscientemente e por outro inconscientemente, que você me amasse muito, mas esse homem tão comum que habita as esquinas é você, e esse você nunca seria capaz de amar uma mulher.
Às vezes, ainda espero o chute na costela, o tapa na cabeça, o soco na barriga, o chute no cu. Não porque quero, mas porque sinto que você ainda está aqui na violência que entra pela fresta da porta antes de eu dormir, e só sei dormir de corpo quente.
A carta da raposa do tarô esperando pra me atacar se fecho os olhos.
Insônia.
Tomo o resfenol.
Apago obrigada.
Bebendo umas cervejas e vendo filme sozinha no sábado à noite, depois de desistir de caçar uma foda — tem dias que por mais contatos que você tenha, nada acontece —, enquanto

pensava "que filme maravilhoso", uma outra parte do meu cérebro dizia normalmente "seria bom se matar hoje, não acha?", e concordei, como se me perguntassem se quero mais açúcar.

Na última vez que fiz supermercado, pensei que seria bom comprar açúcar mascavo, minhas amigas casadas me ofereceram essa delícia, a gente mergulhou morango em um pote de sorvete cheio desse açúcar marrom, que parecia paçoca esfarelada, foi tão bom.

Ainda saio na rua e tenho medo de encontrar você homem comum, ainda tremo quando um móvel de madeira estala em casa, parece o barulho da pegada, da sandália. Sinto essa presença constantemente. Comecei a ter medo de envelhecer e quebrar a perna, descer a escada e crac, o barulho dos ossos. Porque toda semana a secretária da terapeuta odeia o barulho do meu joelho, mas é o que me conecta a ela, eu gosto.

Tenho medo de não superar, mas odeio dizer que sou mulher superada. Como se tudo tivesse me esmagado e eu sorri. Acho melhor dizer refeita. Fica melhor assim. Os dias chegam e me olho dentro do copo de alguma bebida efervescente, estou morrendo e renascendo também, só que ninguém sente, mas eu sinto. Borbulho, mas não sou mais doce como o açúcar mascavo, eu sou um morango muito verde, que se camufla nas mãos das mulheres que tentam me salvar quando eu tento erguê-las também.

Sou muito boa em contar mentiras, mas não em matar fantasmas.

Penso e sinto, queria que você nunca tivesse sido meu pai.

Quero viver.

Estou vivendo,
você também,
é o que o aparelho do hospital diz.

Seguro sua mão por um momento,
como você poderia ter feito um dia.

Erva-doce nas mãos para os dias sem você

O terror ali, nos lábios roxos e na linha sempre tão franzida do seu rosto. Um terror da desistência. As flores mortas aguentando firme, sem perder a beleza, ornavam sua cabeça, eram suas irmãs amarelas. Todos saudavam dois cadáveres, eu o único de pé. Seis anos no passado, era na terra que jogaram em você que eu queria desaparecer, mas foi dela, exatamente dela, que retomei o fio do absurdo da vida. Revivi, sem beijo nenhum, aliás. Nessa história me salvo sozinha. Enterrei algum corpo que não era o seu e levei você comigo. Quando se pensa em enterrar já está se plantando e eu te plantei, fazia sol. Foi tão difícil me despedir de você, vó.

Aquele que era um corpo castigado ficou com a dor da arma que encostou na boca, nas chantagens dos filhos, nas traições dos dois maridos. Levei comigo você dos cabelos chocolate, da pele com protetor solar e cheiro de erva-doce. A água em redemoinho no tanque era psicodélica, na harmonia das tantas cores que saíam das cerdas dos seus pincéis. Pintava a vida porque ela era sem cor e doía profundamente, mas você se embalava na rede com os demônios do passado e do presente. E como sorria tanto?

Minha primeira profissão do mundo, lavar seus pincéis em troca de assistir às pinceladas tão precisas na tela de vidro. Você foi meu primeiro caso com o amor. Era criança e vi sua morte a cada resposta, a cada ação delegada, a cada apagamento. O paladar também tem suas memórias, a comida que fazia era tão elogiada, mas era no preparo dela que você chorava. As mulheres choram muito nas alquimias, quantos pratos comeram misturados com prantos? Era uma pintora trancada no quadro que os homens desenharam. Seu marido e seu filho eram curadores da sua liberdade.

Sei que esse é o tipo de carta que parece idiota. Escrever pra morto não faz muito sentido, mas acredito que você vive em tudo. Muitos dos meus dias desejei com a mala feita que você me buscasse, e viver contigo foi um período de calma na minha vida, meus pais iam se matar, eu tinha medo.

Desculpa por esquecer que essa realidade por onde caminham vivos e sonâmbulos pode ser terrível, as minhas superficialidades me cegaram. Tenho certeza, meu amor, que você vive em uma tela em movimento, no balançar das folhas de um Van Gogh. Mais uma vez me molha a água pigmentada dos seus pincéis, giram as cores ralo abaixo com as minhas lágrimas beijando sua boca escura, que se esconde dentro do caixão.

Adoecida e forte, você sorriu do portão. "Volto logo", disse. Daí pra nunca mais. Talvez não me reconheça quando a gente se rever. Meu rosto esburacado, meus braços feridos, meu coração fissurado. Adoecida e forte. Seu toque nos meus cabelos, agora o aroma é canela. Você morreu em outubro, no mês do seu aniversário. "Quero festa quando morrer e volto pra puxar o pé", falava. Acho que foi o coração que foi contigo num puxão só.

É outubro, mês da santa, da morte e da garganta, que rasga ao falar: saudade.

Girassol

Dia desses peguei uma carona, e para encontrar com a motorista tive que atravessar um cemitério, quem sabe o maior que já tenha visto do total de três ou quatro que conheci em quase trinta anos.

Caminhando por um corredor extenso de túmulos, o excesso de mármore me agoniava, as fotos em sépia me oprimiam, o coração foi ficando esmagado. Então, pensei na primeira vez que vi você, Antônio, nas luzes da noite, no seu rosto, em como dancei olhando para você. Nossos sorrisos eram vida que me fizeram parir novos dias. O corredor do cemitério não toca música, e o luto está dentro de mim ainda, depois de tanto tempo estou aprendendo a respirar como uma mulher sozinha. Morri mil vezes nos últimos meses e você não estava, ponto.

Parece que ainda não acordei da pancada na cabeça. E é sufocante saber que vez ou outra os pensamentos intrusos vêm, chegam com pouco aviso, fechando a garganta e dando uma fome sem prazer nenhum no mastigar. Pensamentos de que não há prazer, felicidade, satisfação e segurança pós grande amor. Sei que há, mas esse modo de se relacionar nua não prepara a gente. Por mais que saiba da mentira que se esconde no amor romântico como aprisionador das mulheres, é difícil ser racional quando ainda lembro de como eram dois corpos na mesma página, cama, rua, banco do ônibus.

Tenho destruído meus medos, escondido todos, mas às vezes tenho medo de mim, e quem é meu pior inimigo do que minha própria lança? Substituir os pensamentos de saudade, nostalgia, não é uma tarefa fácil. Dizem que amor se cura com outro, mas não falam sobre o quanto a procura por esse outro esmaga. Fingi amar pessoas, magoei como fui magoada, errei, saí estragada de beijos, fodas maravilhosas, mas, no final, meu corpo não dava conta, nada tirava da mente a imagem da garota de doze anos que eu era, escrevendo cartas, chorando baixo, sentindo os pés incharem.

Minhas avós estão mortas, e com elas morreu tudo que acreditei sobre o amor. Foi arrancada de mim a vontade de sentir o cheiro do peixe sem reclamar, olhar o arco-íris nas folhas do cheiro verde em contato com o sol, os biscoitos feitos pelas mãos pequenas, o quadro verde no quarto sem lajota.

No retorno de Saturno, uma volta completa em torno do sol, chego perto sem me queimar totalmente. Demorei para entender. Não sabia que a caça era em busca do meu próprio equilíbrio, um clichê, porém toda vez que mergulho no outro é uma missão complicada lembrar que, na totalidade, amor é coisa holística, e que se não for assim, não cabe.

Deitei com outros na mesma cama que dormi cansada esperando você chegar, na mesma cama em que a gente comeu sanduíches, macarronadas, viu filmes, leu trechos de livros um para o outro, brigou como se fosse a última briga, e um dia foi. E um dia eu disse: "acabou" e deixei você ir para sempre. Virei, revirei, troquei de lugar, feng shui. Não adianta, sempre vai estar parte de tudo e de todas essas criaturas aqui no colchão — o primeiro da casa nova — que a gente comprou juntos. E eu tive que me livrar do colchão como me livrei da gente.

Tenho pavor de descobrir que o amor é só uma forma de agarrar os momentos bons, uma dessas cadeiras confortáveis que a gente não quer se levantar. É mais fácil se afundar do que nadar em um mar sozinha, porque a braçada fere, pede força, disciplina e uma dedicação de cuidado próprio. Se não nado, me afogo, morro, sumo mesmo.

Penso nos 365 dias como metáfora. Eu, você, os gatos, os quadrinhos, tudo como metáfora. Ei, mas a vida é mais real que uma metáfora vagabunda sobre qualquer coisa. Ninguém pode nadar por mim, e se nadarem, virão vezes que não estarei protegida, o dia de encarar o mar vai chegar, chega para todos. Ainda sigo atravessando o corredor funerário, os túmulos vão virando passado. Avisto a rua, os carros, escuto as buzinas, vejo os pedestres, o caos do que não conheço me espera, e não sei por onde caminhar, me sinto meio caipira na cidade grande, mas ser sozinha não é tão ruim quanto parecia.

Obrigada por segurar minha mão até onde deu, daqui eu assumo. Minha carona chegou.

Camadas das memórias em lágrimas

É angustiante querer falar quando a ferida na língua ainda está crescendo. Sinto que as palavras que preciso colocar em algum lugar são tão ácidas que impedem o próprio ato de falar. Pensei que falava demais, que fosse comunicativa o suficiente para escrever. Era uma criança normal, feliz, afinal, criança que fala é porque está bem, muito bem. E fingia acreditar nessa estabilidade, mas sabia que em algumas moléculas já se escondiam pequenas dores que iam construindo um buraco profundo em que as palavras tentavam dar conta, mas as que ficavam na superfície, as que transbordavam, não eram ainda as que poderiam me curar ou contar a minha história.

Que bobagem, querer falar sobre mim, tão desimportante, enquanto comia compulsivamente escondida, sabia do meu crachá de senhorita nada. Ainda hoje, quando falo que estou bem em uma conversa qualquer com a minha mãe, me pergunto quem bate à minha porta, a menina mentirosa consigo ou a que guarda a esperança de não estar o tempo todo assombrada? Não é exclusividade das casas serem assombradas, mulheres são também. Isso conheço bem.

Uma vez me falaram que se você conta uma história que lhe maltrata, uma memória ruim, o peso e o sofrimento vão aliviando com o tempo, e que apesar da história ser sua, talvez você não tenha ouvido em voz alta, e sabe como é, os poemas às vezes fazem mais sentido ou causam mais impacto quando os declamamos. Tenho repetido tanto meu nome e as outras palavras que caminham com ele, que não sei mensurar o impacto.

Em parte, me agradava a ideia de chamar por uma mulher de dez ou vinte anos, mesmo que essas mulheres que fui estejam em parte mortas, mas também me confortava o pensamento de estar me curando, enfrentando as dores, a ideia de propriedade sobre a minha saúde mental, o que nunca tive até aqui. O corpo que eu gostaria de dizer que é meu e que deve se submeter às minhas regras, nunca foi meu de verdade, e fui usada tantas vezes, mesmo sendo sempre difícil para os meus sofrimentos e castigadores deterem minha força. Eu pedi por muita coisa, mas às vezes pedir não funciona para uma mulher. Agora eu entendo por que minha vó simplesmente comia os bombons das grandes lojas escondida. Era uma forma de gritar, e cada pessoa nesse mundo encontra as suas.

Embarquei nessa ideia da vida como um poema e pensei que talvez pudesse deixar o buraco dentro de mim à mostra e poder finalmente usar as palavras que estavam na lama crescendo junto com as beladonas na escuridão. Foi no escuro que os meus olhos encontraram o caminho, não para algo melhor, mas para algo diferente, algo sincero, uma vida sem a preocupação de estar bem o tempo todo. É no escuro que eu vejo verdadeiramente. Só é incômodo ainda quando ouço a velha pergunta que insiste em saber se está tudo bem.

Nunca vai estar, e é com isso que vou seguindo, sem ver problema em tudo não estar em seu devido lugar, até porque esse devido lugar carrega muita hierarquia, porque o lugar certo que meu pai era obstinado em me fazer estar, era o lugar onde provavelmente eu morreria, e às vezes sinto que morri. Alguma coisa melhor que estava por vir, ou talvez outra coisa que me ferisse tão profundamente... tudo morreu um pouco. Queria um universo em que meu pai fosse uma ervilha.

Talvez os horrores que vieram já fossem a vida no seu devido lugar, não porque eu merecesse tamanha carga de sofrimento, mas porque sofrer poderia ser a única coisa que eu poderia receber, se em todas as possibilidades de vida, nascesse mulher, e nasci.

Lembro de ter contado uma vez para minha vó sobre um trecho do livro do Khaled Hosseini. A gente estava na cozinha da casa dela. Nesse trecho, o personagem Amir estava contando uma história sobre um homem que descobre que, se chorar dentro de um cálice, suas lágrimas se transformarão em pérolas. O conto acabava com o homem chorando muito dentro do cálice e segurando o corpo da esposa morta. Minha vó riu e disse que bastava ele ter cortado uma cebola. E surpreendentemente ela deu a mesma resposta de Hassan, empregado de Amir. E eu sempre tão Amir, julgava saber mais.

Era distante o meu olhar em relação ao da minha vó ou o da minha mãe, elas tinham visto a podridão de dentro dos homens, aquela que preenche cada órgão deles. E os meus castigos diante de tudo não paravam de existir, mas ainda não percebia, sempre demorei para prestar atenção nos machucados. Se caía, só dias depois, quando alguém perguntava que roxo era aquele, que finalmente me dava conta da queda.

Sempre fui de sentir as dores depois que elas pareciam feridas cicatrizadas. Mas será que as pérolas que surgem das lágrimas, vindas por conta das cebolas, são iguais às que surgem das dores de não estar nem no devido lugar e muito menos em lugar algum? E quantas vezes minha vó cortou cebolas para chorar em paz?

— Tá tudo bem, vó?
— Sim, é só a cebola.

E mesmo sabendo que não era, tantas vezes não insisti na pergunta.

Algumas vezes já me falaram que eu era só uma criança e não tinha como ter esse tipo de conversa com ela, mas lembro de escolher não falar, porque também sofria, e mergulhar no sofrimento dela era me ver, me ver como vítima, me ver como hipócrita, que sabia que se talvez perguntasse um pouco mais ela falasse as diabruras do próprio filho, e ele era também o meu pai, a figura que eu fingia ser a melhor, a mais inspiradora.

E esquecia do buraco, da lama, das coisas ruins. Ninguém é vítima, e sim está, como uma camada da cebola, que pode um dia ser retirada, mas nem sempre esquecida.

O bicho papão chegava e se vestia para me levar para passear, como se pudesse me comprar. E comprava. Meu silêncio, minha alma. Eu era uma criança sem alma, e linda. Sentia em mim um pulsar de Dorian Gray, acessando todos os privilégios e prazeres, construindo uma imagem falsa, vivendo em uma duplicidade o tempo todo. Não estava ao lado da minha vó, muito menos da minha mãe, mas ao mesmo tempo sofria como elas, e amava profundamente meu castigador, porque só ele me via como eu acreditava ser. Desumana, horrorosa, má.

Ainda lembro de quando meu pai voltou de viagem e me trouxe um VHS, na capa estava escrito "O Anjo Malvado", um filme sobre uma criança assassina. Ele disse que era minha cara.

Portas fechadas

Cada chute na barriga, uma dor. Dor conectada à lembrança das nossas pernas coladas com o balanço do ônibus. Escolhi o seu ódio? Pensei que só tinha escolhido se você sentaria ou não ao meu lado até a parada de casa. E você se tornou a minha casa, com as paredes cheias de pregos, chutes e olhos de louco. "Você não pediu pra ele parar?". Como poderia, se meu coração não sabia processar nem os sentimentos, imagina palavras?

Luana. Eu já tinha escolhido o nome, jamais o destino dela, mas um negar de me deitar com ele decidiu o descolar do mundo de Luana do meu. Foram três dias inteiros dela imersa nos meus líquidos e no meu desamor. A morte corria e se arrastava pelo cordão umbilical. E morri ali, uma morte dos sonhos, do tempo, da saudade do futuro de Luana, que um dia ia balbuciar sílabas. Olhos grandes e boca bem aberta. Ia dizer rindo: mamãe. Foram três chutes, como badaladas da catedral. Era meu marido e voltei em pensamento para o ônibus que corria. Ele sentou ao meu lado, eu quis voltar no tempo e dizer: sinto muito, está ocupado.

Amar e desobedecer.
Desobedecer e ver que não há amor.
Obedecer e se odiar.
Morrer obedecendo.
Morrer obedecendo e desobedecendo.
Escolhe, agora.
Nem sempre posso.
Tento.
Então, desobedecer, é o jeito.
Diz que lhe provoco,
mas apenas olho.
E meu olhar,
tão magoado e forte
é um deslize pra você.
Me espanca no jirau
que exala o peixe,
que ainda tenta respirar
e me olha, calado.

Mármore no lugar de um coração

Precisava falar com alguém, mas era mais fácil não falar. Estudava em um colégio onde as crianças eram de famílias ricas e eu era filha de uma poeta e costureira. Na época, minha mãe ainda não tinha se formado professora, mas ela escrevia. Parou de escrever por anos, mas continuava me incentivando a ler. Não compreendia por que ela fazia tanta questão de corrigir minhas redações, sendo extremamente exigente, o que me deixava triste, porque eu não entendia que o que ela me jogava era um bote salva-vidas.

Recebia bilhetes com frases sobre meu corpo durante as aulas, principalmente se fossem de português ou literatura, porque os garotos sabiam que eu comentaria algo, e eles não queriam se sentir inferiores. Ser gorda invalidava a palavra. E parei de escrever, mesmo as cartas de amor que entregava anonimamente. O silêncio do caderno coincidiu com a coragem de sentar na janela do apartamento da minha vó e decidir que não havia mais nada que pudesse fazer para ser feliz.

A ideia da janela veio depois da festa junina. Um grupo de garotos me prendeu na gaiola dos apaixonados, minha vó me deu um beijo no rosto para me liberarem no final da noite. Era um beijo a fiança da brincadeira, que de engraçada não tinha nada. O humor é sempre uma estratégia, seja lá para o que for. Não chorei, essa já era minha condição permanente, não fez muita diferença.

Constantemente, o medo era meu cobertor. Levava as bolachas passatempo para debaixo dos lençóis para não saberem que comia compulsivamente e chorando em silêncio. Queria engordar ainda mais, porque acreditava que já era monstruosa e nada do que comesse ou deixasse de comer mudaria isso. Eu queria ser uma atriz de Chiquititas só pra ir embora do país.

Conseguia gostar de passeios considerados normais, como ir a uma festa junina, mas o que gostava mesmo era de ir ao cemitério. A gente morava em Santarém, uma cidade pequena no interior do Pará, o quarteirão do cemitério era entre o da casa da vó e o do colégio. Na volta da educação física, pela tardinha, sempre que conseguia voltar sem ser acompanhada do meu pai, entrava para olhar as fotos, ler os nomes, sentar nos túmulos.

Os mortos tinham muitos ouvidos, e eu muitos pensamentos incendiando. Sabia que era bom se familiarizar com a morte, sem saber o porquê dessa urgência. O mármore era o mar congelado com suas ondas brancas e cinzas. Foi pensar muito na morte que me fez viver, pois de alguma forma eu tinha um propósito, por mais confuso que isso parecesse.

Eu queria planejar o final do meu sofrimento, mas tinha curiosidade em ver a vida melhorar. Ela quase nunca melhorava, e foi assim até uma noite ao telefone, já adulta, quando informei ao meu pai que nós nunca mais nos falaríamos outra vez. Tinha planejado isso a vida toda.

E não tenho mais minhas fotos no cemitério.

O pesadelo é um bilhete urgente do que fere

Passava pelas portas de uma casa estranha, ia fugindo das lembranças que riam e avançavam como pássaros tristes em busca de pele, a minha. E entre uma porta e outra, eram tantas, um cantor que gosto me esfaqueou na barriga. Foi um golpe tão forte que ele precisou me abraçar para que a faca perfurasse meu corpo com vontade.

Caiu uma lágrima solitária e graúda, senti que ia morrer, e pela porta que pensei ter escapado, antes da facada, você passou. Olhei assustada, mais por você do que pela facada. Estava muito gordo e idoso, alguma coisa me dizia que sua memória tinha se perdido, tornou-se um homem velho, morando na rua e sem memória. Seus movimentos lhe denunciavam, era irreconhecível o brilho dos seus olhos admirando a lua minguante.

Senti que a faca rodava dentro de mim, eu lhe observava, e o céu desabava como no dia em que você disse que a gente ia ficar bem. Ainda sentia a dor no braço. Você me puxando para longe da mãe. Ela diminuindo pelo retrovisor, o carro correndo, e ficou na lembrança do meu toque os ossos do rosto dela, profundos, marejados e fundos de chorar. Na foto de casamento de vocês, ela também parecia chorar. E os olhos iam afundando com as esperanças.

Entendi que chorava porque você nunca sentiria a minha dor, era algo intransferível, e nada que te dissesse seria lembrado. Eu sei, óbvio, um dia todos nós vamos morrer e o esquecimento chegará. Talvez as palavras escritas sirvam para acalentar a sombra do esquecimento de mulheres cujas histórias não são contadas, aquelas dos ossos fundos do rosto.

Junto com a lua que mingua, vai com ela as suas lembranças, que são mais minhas que suas. Você vai esquecer que me massacrou até que eu esquecesse meu próprio rosto sorrindo, vai esquecer das palavras que destruíram minhas vontades, vai esquecer das vezes que lhe olhei como se um olhar pudesse matar. E eu sempre quis lhe matar, envenenado, pensava. Quando você engasgava, demorava para oferecer água. Quis que não acordasse. E você viveu, mas eu morri, muitas vezes. Hoje sei morrer pelas coisas certas.

É difícil suportar que você em algum lugar anda sem lembrar, não porque é o homem velho e doente do meu sonho, mas porque para você nada se passou enquanto bicava meu coração e ofendia minha capacidade de ser feliz.

A faca foi saindo e eu caindo aos pés do meu cantor favorito. Com aquela visão sua, esquecido de si e de mim. Acordei. Você sumiu, mas ainda há dias que a gente passa junto, os dias que não levanto da cama, e a faca vai rodando lentamente aqui dentro, cavando alguma coisa boa para destruir. A lâmina é feita do seu rosto esquecido, olhando a lua que mingua. Tem um lado de mim que sempre vai cortar, mesmo que o outro caia.

Um sorriso que atravessa o asfalto

Vou correndo em câmera lenta. As pernas agora com uma nova espécie de câimbra que nunca tinha me afetado antes. Cada pernada um envelhecimento instantâneo, até chegar perto tinha saltado dos vinte e dois para os oitenta anos, rompendo a barreira do tempo e da lógica. Não sei se corro certo, só sei que me jogo com toda força, te abraço enfurecida de susto, enlouquecida talvez. Vazia, ouvindo o eco da tua e da minha dor.

✶

Um gato gordo, muito gordo e laranja, foi caminhando com elegância, mais do que um felino qualquer parecia um guardião, ia esfregando o rabo e o focinho nas lápides, parecia saber decorada cada brecha entre um morto e outro. Tinha um jeito arisco e petulante, foi só eu dar uns passos, me agachar e estalar os dedos para ele correr imediatamente para os meus braços.

Era quase impossível, mas nos reconhecemos. Bugalu estava vivo, ali no lugar onde os mortos reinam, ele tinha encontrado uma forma de sobreviver. Peguei com dificuldade o bichano no colo — como era gordo — e fui caminhando até onde minha vó estava. Me sentei no banco de madeira que mal cabia metade da bunda. Chorei. O gato miava alto, como se entoasse uma ladainha, lambia meu rosto encharcado, era um cachorro fiel, mas era teimoso, como um felino sempre é.

Tenho muitas coisas na cabeça quando penso na vó Marize, não são apenas quebra-cabeças de almoços dominicais, não são lembranças de uma vozinha serviçal. Tenho esse espelho no quarto. Quando olho fixo para ele, vejo nos meus olhos a risada dela, ouço nitidamente sua rouca e engasgada voz, dentro de mim mora sua força, que ainda não sei expressar, utilizar, deixar ir e voltar. É na risada histérica que pula do espelho quando me olho pela manhã, mas tem que ser esse espelho enferrujado, que vejo todo o Guamá. Existe apenas esse espelho, essa posição, essa luz, esse horário, esse quarto e essa garota órfã no mundo, em nenhum outro momento ou lugar essa combinação se repetirá. Só assim poderei evocar e invocar o meu Guamá, esse de tantas memórias profundas. E olha bem, já me refleti em muito espelho nessa vida, nenhum deu conta.

Sou feita de rio e sonhos: Celina, um nome não tão jovem, mas bonito ainda assim, ideia da vó, que nos criou sozinha. Duas irmãs órfãs. Elisa, a irmã que aprendeu a sonhar menos para que eu sonhasse mais. Não que eu tenha pedido por algo, mas ela sempre achou que deveria, que era sua missão, sina, sei lá. Isso me fez ver o mundo como um lugar para o qual não fui convidada, mas onde adicionaram um prato, que, mesmo improvisado, foi feito no capricho.

Nossa mãe se chamava Rita, foi para o Mato Grosso trabalhar na casa de uma família. No começo, ela mandava cartas para a vovó, depois foi diminuindo, até que nunca mais recebemos nada. Elisa tinha certeza que ela já tinha morrido, mas eu preferia imaginar que ainda havia esperança. Tenho uma foto dela com um garoto bem branquinho, acho que ela cuidava dele, recortei ela e fiz uma colagem com uma foto minha e da Elisa, recriei meu sonho. Nosso pai, Ednei, fugiu quando nossa mãe ficou grávida da Elisa, é um maldito de um clichê, é só isso que sabemos sobre ele, esse sempre foi um assunto proibido na família, com o tempo fomos perdendo o interesse em saber em que buraco se meteu.

Cada amanhecer fazia da vovó nossa protagonista, tudo era mais brando perto dela, não que fosse uma pessoa que nos mimasse, mas era uma mulher que preenchia qualquer vazio, o vazio que faz eco, engana. Mas ela conhecia a gente em tudo. Vinda do Acará, uma cidade no interior do Pará, chegou no Guamá quando o bairro estava explodindo de gente do Nordeste ou dos interiores ao redor. Nessa época, os próprios moradores abriam ruas e faziam melhorias no bairro, não mudou muito. Eita, mulher que adorava contar histórias! Eram tantas que deram conta de me alimentar, me espichei de tanto que queria ouvir suas palavras. Crescemos pertinho do Cemitério de Santa Izabel, onde a vó Marize está enterrada. Morreu em uma quarta-feira. Cresci assim, antes que soubesse o que eram as palavras escritas, já sabia decorada cada sílaba de suas contações.

Parece meio estranho lembrar. Cheguei da aula brocada, joguei a mochila na cadeira de embalo, era o mesmo ritual de sempre. Elisa apareceu no corredor, igual um gasparzinho, com o rosto inchado, ainda com lágrimas. Interrompeu meu ritual com um abraço muito apertado, ficamos uns minutos ajoelhadas ali mesmo, como se estivéssemos com o corpo amanteigado, escorregando juntas rumo ao chão, no buraco mais fundo do início da vida adulta. Nunca mais ninguém nos contou histórias. Vó Marize foi embora sem aviso, diagnóstico, foi assim, no cochilo da tarde, que a revigorava para as vendas no bar madrugada adentro.

Alguns anos depois, fiquei sozinha cuidando do bar e da casa. Minha irmã se formou contadora, casou e foi morar perto do Montepio, eu desisti da universidade. Enterramos a vovó debaixo de um calor estúpido, joguei uma rosa no seu caixão e pensei por um instante em me jogar no buraco feito sob medida. Quando estava quase cambaleando, Dona Dalva, nossa vizinha, me segurou pelos ombros, como se soubesse meu plano imbecil.

Não lembro de ter ido muito longe do Guamá, sempre moramos aqui. Era meu continente, meu planeta. Uma trama de casas de alvenaria e madeira, de um andar ou dois, vendas de todo tipo, um crescimento desordenado como as ideias da minha cabeça. Quando éramos pequenas, Elisa era a mais agitada e briguenta, tudo que ela aprontava sempre caía nas minhas costas também, fardo da mais velha. Para economizar tempo e ralho, a vovó colocava logo as duas de castigo, de alguma forma ela queria que nos uníssemos. Um dos grandes castigos era nos fazer ouvir as histórias antigas do Guamá sobre os leprosos dos hospitais ou sobre as assombrações dos cemitérios. Gostava de esconder que amava ouvir essas coisas, mesmo sendo tristes, era bom saber que morava nesse lugar tão complexo e forte em si mesmo. Elisa ficava assustada, mas na primeira que a chamassem para empinar pipa, esquecia tudo. Eu não. Ficava remoendo, mastigando cada palavra, imaginando, vendo um filme na cabeça.

Nós, guamaenses, sempre tínhamos um dedo apontado na nossa cara, era o que vovó sempre dizia. Um dia, leprosos, no outro, bandidos. Quem se importava? Como a maioria das crianças acometidas pelo estranho, queria mudar o mundo e entender esse sentimento de pertença a um lugar. Minha cor, meus traços, minhas marcas. Eu sempre fui o Guamá sem perceber. Mesmo que as luzes estivessem acesas, o centro da cidade via através de mim, como quem caminha dentro de um fantasma penetrando seus órgãos ausentes. Estávamos sumindo com a chegada do carro prata, que caçava gente preta, com as portas batidas na cara, com a mulher apressada que atravessava segurando forte a bolsa ao me ver. Alguém avisa que gosto de mochila e já tenho a minha. Ninguém nos queria e nos jogaram aqui, mas por aqui ficamos e nos unimos. Copa do Mundo, eleições, festa junina, passeata, tudo era motivo para nos afetarmos, até mesmo limpeza na rua. Já que não era muito da boemia, meu prazer era ir à feirinha, lá conhecia todo mundo. Amava o cheirinho das hortaliças. Quando sobrava moeda gastava em chiclete, desde a infância carreguei esse hábito. Por muito tempo, não soube o que era a vida e como ela olhava para nossa rua, para o nosso bairro. Olhos sepulcrais. Olhos de ódio. Olhos de medo, acima de tudo.

Eu e a maninha tínhamos dois amigos, Murilo e Júnior, filhos da nossa vizinha, a Dona Dalva. Nosso negócio era jogar queimada lá para as bandas do Barros Barreto ou ir à José Bonifácio comprar material para pipa, quando chegávamos, vovó já estava esperando com uma cara super decepcionada, mas valia muito aprontar, porque depois, pela noitinha, o bar fechava e pedíamos desculpas. Ganhávamos um cheiro gostoso no pescoço, uma cocada de maracujá e, às vezes, ela tocava alguma do Simonal no violão ou Menina do Cinema do Aldo Sena. Vovó tinha a cara do Guamá, desse que vejo no espelho antigo. As mãos grandes dedilhavam naturalmente o violão vermelho. Tentei aprender, mas definitivamente fui feita para ouvir, e como adorava ouvir. Murilo aprendeu a tocar violão com ela, nos dez anos dele vovó combinou com a Dona Dalva de fazer a comemoração no bar. Tocaram umas quatro músicas juntos, ele parecia gente grande, já tocava sem olhar as cordas. Ela cantava com muita força, sempre com o cabelo cheio de cachos, era uma mulher linda. Sempre pensei que vovó deveria ter apostado na carreira musical, mas a teimosa dizia que era só um divertimento para desanuviar. Teve poucos amores, sua paixão era a música, nas tardes quentes, então, era afago. Tinha medo de que algum homem tomasse o que construiu ou que olhasse para nós de forma sexualizada, já bastavam os papudinhos que vez ou outra queriam fazer graça no bar. "Mulher preta é só, minha filha, aprende isso, e a solidão também ensina", profetizava.

Sem ela o bar não fazia sentido, mais da metade das coisas que eram abrigo perderam a razão, e o Guamá foi ficando cinza, talvez nunca tenha percebido que esse tom de certa forma esteve lá, mas como podia ver, se a vovó coloria tudo? Tranquei o quarto, sentei no chão gelado, segurei forte uma caixa de madeira escura que compramos juntas no mercado. Passei a mão direita sobre ela, como se acarinhasse um rosto. Fui viajando a cada foto que tirava de lá, tinha preciosidades, algumas que já tinha esquecido e outras que nunca ousei esquecer. Entre um monte de lembranças, segurei uma com borda branca, parecendo nova. Era uma fotografia minha com o Murilo, meu braço por cima dos ombros dele, os dois super sorridentes. Tínhamos uns sete anos. Foi no dia em que brincamos com os blocos de madeira que formavam castelos, aqueles que vinham com quadradinhos desenhados nas cores verde, amarelo e vermelho. Nem notei o quanto o tempo passou no ritmo de uma piscadela. A caixa estava cheia de fotos nossas, algumas foram presentes da Dona Dalva, ela amava registrar tudo que os filhos faziam.

Recolhi as fotos do chão, guardei novamente. Ainda faltava muita coisa para encaixotar, infelizmente algumas não couberam.

Sempre tive essa ideia de viajar pelo mundo, mas voltar para o Guamá, deitar na minha cama e acordar ouvindo a Elisa reclamando ou a vó cantarolando no quintal enquanto o Murilo se matava para acertar a nota no violão. Quando a noite chegava, também vinham os pensamentos, como a maioria das crianças, tinha um medo perturbador de que tudo mudasse e eu ficasse sozinha. Cresci com essa angústia e tive a certeza de que podia prever o futuro quando vovó morreu. Uma ideia doida essa, porque todo mundo um dia vai morrer, isso não fazia de mim uma vidente, a não ser que eu soubesse exatamente o momento em que a morte fosse levá-la e pudesse burlar de alguma forma esse futuro. Mesmo assim, se fosse possível burlar, isso também não faria de mim Mãe Delamare, porque ninguém acreditaria. Podia e conseguia gastar horas detalhando minuciosamente cada possibilidade. Tentava sempre visualizar como seria recuar no tempo, existiam demônios esperando na linha, era minha responsabilidade transferir as ligações, não deixar que ninguém fosse embora.

O Guamá é muito próximo do centro da cidade, mesmo sendo periferia. Tem uma linha imaginária que nos divide. Tinha sonhado com esse dia, como quem profetiza, não como quem espera. Eles vieram com seus olhos de sangue, suas motos cegas e suas máscaras coladas com Super Bonder, usurpando o lugar do verdadeiro rosto. Mandei uma mensagem para que o Murilo fosse me ajudar a arrumar as últimas caixas. Ele colocou uma camisa, penteou o cabelo, atravessou a rua. Vi pela janela, foi caminhando, rindo da minha cara, como se soubesse que no final eu ia desfazer as caixas. Não era possível abandonar o Guamá. Fechei os olhos e nos vi pulando no igarapé do Tucunduba, dei o salto no tempo, acessei a memória mais linda. Ele rindo, dizendo: "pula logo, medrosa". Eu me jogando, mesmo com medo, bamba. A memória deu mais um salto. O rosto dele brilhante, de sorriso largo, tocando as canções da Gal, elogiando a flor que coloquei nos cabelos crespos. Continuava. Ia atravessando a rua a passos calmos.

Murilo não precisava provar nada a ninguém, não era urgente foto 3x4 ou camisa engomada. Nenhum conselho estético ensinado pela Dona Dalva o salvaria daquelas balas. Nada poderia ter parado a rapidez e precisão da ignorância de quem as disparou. Ele era uma peça pequena de um jogo maior, um menino maravilhado com as histórias da vovó sobre a escola de samba Madureira ou sobre as reuniões na rua Pedreirinha.

A moto veio em alta velocidade, não era o carro prata dessa vez. Ser preto definiu a sentença em segundos. Um homem encapuzado deu dois tiros, um na cabeça e outro no peito. O asfalto abriu a boca de Gregório de Matos. A rua encolheu na sua pequenez recebendo um gigante. Horas mais cedo um policial havia sido assassinado e os amigos em luto resolveram que o culpado tinha a cara de todos os jovens pretos que o caminho de suas motos cruzasse.

Murilo, ouve essa história como se fosse a vovó contando.

Abracei você com toda a força, jogando meu peso duplicado no seu peito. Caía uma chuva tímida, que, para quem chegava, parecia ser o final e não o começo dela. Fomos nos misturando, como no filme que vimos no último sábado. Agora com plateia, o mundo girava mais rápido, me sentia ébria tentando entender por que você não dizia uma palavra, mas me olhava como se pudesse gritar. Só que não era filme e aqui não era Hollywood. Seu corpo flutuava por aplicativos, redes sociais, no mesmo instante que perdia o nome para ser número. Você era o meu melhor amigo e foi assassinado em novembro de dois mil e catorze, durante uma chacina. Dona Dalva quis cambalear no enterro olhando teu caixão baixar, segurei seus ombros. Seu irmão chorou do início ao fim. Enterramos você ao lado da sua amiga de cantoria, vó Marize. Ainda ouço vocês tocarem Aldo Sena. Lembrei que era Forrest Gump o nome do filme que vimos no último sábado. Você disse que dava um pique melhor que o tal do Forrest, e dava mesmo. Corria e ninguém te alcançava. Nunca alcançariam, você era mais do que os olhos viam. Corre, continua.

Alecrim para dizer não fique aqui

A madrugada chega e ainda permito que se embolem na cama comigo os mortos aos quais um dia dei poder e vida. Ainda sinto o gosto na língua de erros ansiosos, de uma felicidade escassa e mentirosa. Mentem as máscaras. Durmo em concha com o que me perfurou, a dor tem rosto macio na penumbra. Mesmo quem sabe o barulho do lobo, pode deixar que ele descanse dentro de casa como um animal inofensivo.

Roçamos os pés. Você me promete o mundo e eu sigo com as leituras erradas como prioridade na cabeceira, do que é passado, mas não passou.

Nos últimos anos, cheguei ao avesso de tudo que vivemos na casa verde do bairro que cresci. Amava os dias com você antes de saber que era eu, mulher. "Boa noite, pai, vem passear comigo pelo corredor do meu velório", chamava em sonho. E a sombra renascia. Vomitei você em tantas idades diferentes, em tantas formas de me matar que falharam e deram certo.

Uma mulher pode se castigar muito, pode amassar o próprio olho em um copo de caipirinha, que só vão reclamar do sabor. A morte de uma mulher não é nada nesse inferno. Sinto profundamente a certeza de que era absurdo continuar aqui. Por muito tempo amei todos os aspectos da morte, quis que ela chegasse, quis ver meu corpo rijo, quis sentir o banho de preparação.

Imaginei com muito deleite os vermes vindo feito príncipes encantados. Sinto muito que só agora sinta que viver é uma boa maneira de me vingar do vazio.

O lobo é um chorume que escorre dos olhos, que enxergam embaçados em lágrima raivosa. Têm corpo o medo, a saudade, a dor. Um corpo gordo tem garra e fura, porque aprendeu a lutar para ser quem é. Sinto muito que só agora pude escrever essas palavras, consegui respirar fora do cativeiro das minhas feras, peguei muitos caminhos que me queimaram, cheguei em novos sonhos ardendo em febre e preciso de um abraço. Não sou vítima, sou estrangeira na terra das coisas ruins, um lugar que os olhos não podem encarar.

Estou de passagem, preciso estar.

Andei com dificuldade, senti a pele desprender do corpo, senti o corpo feder, trouxe uma bola de todo o cabelo que caiu nesse tempo. Agora a água conseguiu achar um caminho no ralo e os pés sentiram o chão chegando. As baratas sobreviveram mais uma vez e os dinossauros ficaram no consultório. Engoli pílulas demais para esquecer o seu rosto com barba por fazer. Foi um castigo procurar motivos para lhe amar, para chamar de papai.

As encruzilhadas me fortaleceram, bombogira segurou minha mão em cada uma delas, quando quis retornar para meus pesadelos. Sinto muito que só agora eu tenha achado esse amontoado de palavras para dizer que foram os monstros que choravam pelas ruas que me alimentaram quando tive fome. Sinto muito ter chorado em cima dos banhos de folhas que preparei para não chorar mais. Manjericão com água gelada para aprumar as ideias. E eu estava faminta de um cuidado, mas só tinha a violência para roer, e cheguei ao osso sem resposta nem amor.

Só agora percebi que todos os homens que amei não eram você, meu pai, mas que todos eram também. E quando beijo a boca de qualquer um deles há entre nós oceano e ao mesmo tempo abismo. Só agora senti na carne que nem nas imaginações fálicas de facas perfurando minha coleção de músculos e veias tive alívio.

Não preciso perdoar meus carrascos, mas preciso me perdoar. E talvez naquele dia que lhe vi na rua, doente, dominado pela psoríase, você precisasse do meu perdão, mas não volto atrás da felicidade que senti de não perdoar. Fingi que não era sua filha. Sinto muito por mim, por nós mulheres. Os mortos nada podem produzir, me convenci, e as palavras precisam transbordar uma a uma, como justiça. Isso, justiça, mais do que vingança de uma Judite bíblica que corta a cabeça de um homem monstro.

Monstro sou eu, os monstros são lindos. Você é só um qualquer homem comum. Seu caixão tombou na primeira descida. Nos meus cabelos, alecrim.

Parte 3
O REFLORESTAR DO CORPO, O ABANDONAR DAS PRAGAS

Rosa vermelha

Coloco o dedo mindinho no ouvido direito, quero que pare essa sensação de preenchimento com vazio. Passei os últimos dois dias enfiando tampas de caneta, pontas de lápis, perna de óculos, tudo nesse ouvido maldito que está parando de funcionar bem. Engulo saliva para ver se volta ao normal, mas sinto que tem um demônio roendo minha audição por dentro, e tem tudo para ser uma bênção, pode ser, e eu não esteja aceitando.

Chega dessa ideia de ouvir mais e ser tão caridosa com as palavras dos outros, não suporto nem me ouvir, falo coisas asquerosas sobre mim mesma, e que lindo não afetar ninguém, mas me destruir tem sido o bastante. Pensei em colocar algo que perfure, o furador de páginas com a ponta em forma de gota de madeira. É de um aço muito higiênico, talvez estoure essa bolha interna que me agonia a audição mequetrefe.

Ia ser um prazer que estourasse feito as nascidas que tinha quando comecei a morar sozinha, e jorrasse aquele pus tão amarelo, achava lindo espremer a perna e sair aquilo em jato, misturado ao sangue. Era uma parte podre do meu corpo, e a podridão me faz parte, me diz respeito, porque estava lá quando tudo foi concebido. Os furúnculos foram os tapas que recebi, foram os puxões fortes de cabelo para sentar direito, para ser uma mulher feminina, casta. Comi processados e congelados para ficar bem.

E pensava, não, quando crescer vou ser uma vadiazinha, vou trepar com todo mundo nessa merda de mundo para mostrar que sou uma vagabundinha. Vocês gostam que me comporte assim? E aquele pus nasceu dessas coisas mágicas, do pior da magia, de cada movimento que não era para ser como sonhava.

O sangue não, ele já estava em mim, nasceu comigo, coisa biológica, mas mais que isso. O sangue era o meu monstro, o que me fazia ser o ódio em mulher que sou, e abraçou o pus. Era lindo comer tanta merda que fazia do meu corpo uma fábrica desses líquidos. Ria quando nascia um furúnculo novo, como me divertia! A dor que era apertar aquilo, furar com agulha que deixava espetada de lado no colchão. Dormia bem perto de mim. Olha a boquinha, furava com tesão. Estava apreciando minha decomposição. Era perfeita, aos poucos, sem dar nas vistas. Fedia, como fediam as palavras que me falavam.

Teve então um dia que parou, simplesmente parou de nascer essa protuberância que dava na perna. Começaram os cortes, era muito boa com a tesoura. Não me satisfaz mais cortar o cabelo, picotar na verdade. Machucar minha autoestima. Isso é um estágio tão primário, que começou a me causar tédio. O prazer não demora muito tempo, você começa com receio, corta umas pontas, depois pula para uma mecha inteira, e mais outra. Até que se empolga e erra uma, bem da frente. Você percebe que vai ficar desigual, escolhe que prender com um grampo seria algo que te aborreceria mais, porque toda vez que for colocar esse maldito vai saber que errou, errou até quando tava tentando se transformar, mesmo que só na estética. É isso.

Não tem saída, meu amor, você vai precisar cortar todo o cabelo, vai parecer um cara, e você quer parecer um cara, porque eles têm tudo, mas mesmo sem o cabelo, você não vai ser um e você sabe.

Chorei, chorei tão fraca por um cabelo, que atraía coisas que eu não queria mais. Deveria era agradecer por não ter mais esse cabelo. Depois, percebi que era só uma coisa morta, fios mortos, que cortei achando que cortava vida. Coitada de mim, pobre coitada, achava mesmo que isso ia me machucar. Ouvi algo novo nos meus ouvidos, coisas que ninguém acreditaria, abandonei a minha curta carreira com as tesouras.

Alguém me visitava durante a noite, destrancava a porta e me cortava, me beliscava, no começo tinha medo, depois esperava por essa coisa que não foi Deus que criou, foi a minha mente que queria sentir algo completamente novo. Dessa vez, não era furúnculo, nem corte do maldito cabelo, era um acordo comigo mesma, a parte podre de mim de outra dimensão que me capturava e sabia como fazer isso. Eu podia ter tudo nas madrugadas, porque nada que era assustador me horrorizava mais, era parte de algo que eu era. E eu era um cadáver tão bonito.

Não posso te ajudar, você precisa falar com um terapeuta. Era fácil falar, não foi em cima de você que esse fudido se deitou, não foi em cima de você que ele destruiu o mundo, não foi você que foi sacrificada, não foi você que sentiu tanto ódio de si mesma que se mataria e depois comeria cada parte de si mesma com tanto desprezo.

E olha só, que magia que fiz, voltei desse lugar, não sei como, mas eu voltei, porque meu nome não foi o que me deram, mas foi o que eu escolhi, e agora toca uma canção na minha cabeça, me levanto, deito junto com tantos outros cadáveres. A corda arrebenta. Tusso assustada. É, eu preciso de terapia, como muitas mulheres precisam, mas preciso também sentir a dor e saber que dela sai o pus que lutou com meu sangue, era tudo parte de mim.

Você acha que me tratar como se fosse uma criança com problemas é a solução? O amor também não é a solução, porque me ensinaram que ele era a dor da mão me espancando, me chamando de putinha, e eu tinha oito anos. Ele deveria ter me matado naquela idade, eu quero implorar que ele me mate, porque ia evitar ter que sentar na frente da terapeuta pra dizer o que eu não quero.

Escreve menos sobre morte. Nossa, por que não pensei nisso? Antes que eu acorde com tanto pus e quase nada de sangue, quero respirar de novo, um outro ar.

Vênus

Doeu me esticar, crescer, pegar corpo de gigante. Ontem sumi nas roupas, nas de oito metros e meio de altura. Um vento quente chicoteou meu rosto, a pele foi pegando um jeito outro, as partes foram diminuindo, e o cenário tão grande, que as pernas, agora do tamanho de um palito, em câimbra, não conseguiam caminhar. Um bibelô, uma espécie miniaturizada.

Trôpega, confusa, insana, me embolei nos dedos dos meus próprios pés, como quem chegou agora ao chão, à trilha, ao mundo. A água queimando, a pele avermelhando, você dá uma colherada sem olhar, na segunda vou junto, dessa vez você olha, eu ali encolhida em cima da colher. Nos seus olhos, vejo a reencarnação de Cronos, que me engole pela cabeça só de olhar. Eu que mudo, mudo tanto que fixa estou nesse movimento de mudar. E se mudo, todos acham que me movimento. Engraçado. Estive parada pedalando pela rua e a rua dava nas roupas que não cabiam mais.

Acordo de tamanho normal. A cabeça arrancada ainda e o coração grande, no sentido muscular, morrendo e nascendo. Bombeia dor fingida de "tá tudo bem". E está, sabe. Ouço a voz da terapeuta. Não finja que não se incomoda. É, incomoda correr para fingir movimento. Consolar os outros por me consolarem.

Parada eu posso construir. Tijolo por tijolo, transbordando concreto, mas com a moleza do rio. Moleza forte.

Chorei na última conversa, corri da porta do consultório. Não, eu fiquei. Não, eu corri mesmo. Não, eu queria ficar, talvez tenha ficado. Não sei mais. Não lembro, sei lá. Tomava a pílula para ser a gigante do João Pé de Alguma Coisa.

Essa noite me senti segura, uma cadela de rua me seguiu, abanou o rabo, feliz.

— A gente se conhece, garota?

Deixou minha mão percorrer seu corpo peludo e brilhoso.

Late uma vez. Caminha. Caminhamos.

Quero que entre no prédio comigo, mesmo que seja uma ideia que me soa, no mesmo momento em que aparece, infantil. Ela vai desacelerando, olho para trás, chamo, ela fica, paralisa, certa do que quer. Nada.

— Vem, menina!

Nada.

— Vem, Vênus! — nomeio a cadela.

Nada.

Entro no prédio onde moro. "Edifício Maria", leio no tapete cinza e amarelo na entrada.

Saturno passou voando, arrancou tripas, foi embora, vulgo Cronos, me vomitou, o gosto não estava ok. O meu gosto é de quem vai ficar bem e vai cantar uma canção. E vai chorar. E vai envelhecer. E vai sorrir. E vai ter medo. E vai se permitir. E vai tocar em animais da rua. E vai deixar que a palavra seja o único caminho possível. Florianópolis ainda é um lugar com o qual não me acostumei.

Memorizei tudo, mesmo que eu tenha desmaiado em algumas partes.

— Vem, Vênus!

Ela late. Late como quem diz:

— Ei, a gente vai se cruzar, se cruzou hoje, amanhã a gente vai também. Calma, garota, mulher, gigante.

As marés guiadas pela lua

Subo os três degraus, pego o microfone, encosto nos lábios secos, quase rachados. Sinto um leve choque. O pequeno susto me impulsiona a começar meu discurso, meus braços tremem e não sei se vou conseguir falar. Desaprendi a língua portuguesa, não sei nenhum outro dialeto além de saudade.

Não quero estar ali. Ninguém segura minha mão. É uma capela pequena, com uma imagem enorme de Maria na parede, com um palco pequeno.

Sem que eu saiba, decidem que vou falar alguma frase de despedida depois das palavras do padre. Penso nas cartas de tarô egípcio da vó. Merecia um enterro cigano, que era o que ela era de verdade, com suas telas em exposição. Mas foi tudo bem católico e apagado, como os filhos achavam adequado. Vovó era de festa, teria odiado.

Todos permaneciam sentados, ninguém sorria. Respirei fundo, não conseguia abrir a boca. Senti um toque no meu ombro. Olhei. Ninguém. Abaixei o braço, levando o microfone junto. A gosma do durex, que consertava o mau contato, grudou na minha mão. Finalmente reaprendo a usar minha voz, ergo o microfone. Ainda debilitada, falo.

Gaguejo, mas tudo bem. Digo particularidades sobre alguém que não me ouve, cuja alma está submersa entre vários caminhos, todos póstumos, talvez, etéreos. Olho, seguro a mão dela, tão inchada, por que não fala? Canto uma canção, a embalo nos meus pensamentos, quero um espaço para deitar ao seu lado.

É hora de fechar o caixão. Foi o dia mais cruel de tantos que passei, enterrar minha vó. Ela sempre dizia que não queria que passassem batom nela. "Ai de quem colocar batom na minha boca!", e a gente pedia para mudar de assunto. E alguém passou o maldito batom. Mamãe e eu tiramos com um papel toalha.

Foi difícil soltar a mão pequena da vó, lembrei da praça, dos pombos, e de nós juntas.

Quatro homens carregaram o caixão, que seguiu em uma van rumo ao cemitério.

Uma fila se formou para me abraçar.

Seguimos no cortejo até o cemitério.

O suor do meu rosto aumentava a cada passo dado. Desci a ladeira, nas mãos uma rosa amarela, suportei bem os espinhos. O cortejo desceu seguindo a van, todos com passos lentos, não tinha música, como era o desejo da vó, apenas o barulho dos sapatos no asfalto e o choro das mulheres.

Seguimos atrapalhando o trânsito e chegamos ao nosso destino e a vovó, ao dela.

Jogaram terra fofa, mas o vestido branco dela não sujou, a madeira de lei a protegeu.

Senti reviver o nosso abraço no portão da minha casa, na sua visita do mês passado. Você usava um tailleur florido com ombreiras opulentas, sem maquiagem, o cabelo cor de chocolate, cheiro gostoso de erva doce, pele macia. Disse um até mais. Carreguei sua bagagem. Entrou no carro e acenou.

Antes do enterro terminar, corri para sua casa, tinha ainda a chave que você me deu, dizendo que era minha sua casa, coisa que mamãe sempre me diz sobre a dela.

Mergulhei de costas na cama, o edredom permanecia com seu cheiro, suas roupas usadas recentemente estavam no cabideiro e na estante. Vi seus cremes, brincos de pérolas, suas anotações com caligrafia perfeita, como eu desejava que fosse a vida. Revirei o quarto, achei uma caixa de madeira pintada de tinta verde, abri. Você tinha guardado, como conseguiu guardar por tantos anos? Minha avó, já sinto sua falta.

Vovó perdeu a mãe cedo para a malária e o pai foi assassinado por dívida contraída no carteado. Ela foi adotada por três irmãs artesãs que nunca se casaram. Com elas aprendeu crochê, ponto cruz e tecelagem. Quando completou quinze anos ganhou das mães uma caixa cheia de tintas, começou a pintar os primeiros quadros. A tinta a óleo gerou um problema de saúde que se agravou com os anos. Sua respiração era descompassada e foi assim até a velhice, morreu com apenas sessenta anos de idade.

Eu tinha o pensamento fixo de que ela nunca ia morrer, talvez eu fosse embora antes, por um acidente de carro ou vítima da violência, essa eu conhecia bem. Tive que engolir a ideia de que os mais velhos vão primeiro. Um dia, estávamos rindo no restaurante português e semanas depois ela vira um corpo gelado, enrijecido, com a boca roxa e com algodão nas narinas.

Abri a gaveta, achei o tarô, segurei forte. Chorei.

A rua abraça a lua vermelha em eclipse

Ainda tem amargura embolada nos meus cabelos. Minha mãe cata todas, cata como os piolhos da primeira infância. A carne fede da queimadura, me roeram o osso, tentaram roubar minhas vontades, me implantaram outras que demorei para vomitar. Saí nas ruas bebendo como uma Padilha amaldiçoada pelas bocas que não sabem a dor do sangue. Baforei meus ódios. Com medo e comendo o pão da porrada, do autoflagelo. Vi o sangue que brota das pernas, escondi como se fosse crime ser eu. Esconde o sangue e se esconde junto.

Tentei ser a merda de um homem, mas sou mulher, e morri tantas vezes, mas voltei metralhadora, estilingue, faca. Porra, sabe como é, eu voltei para desgraçar o nome do meu pai. E não me culpo mais por dizer que queria olhar para o morto e cuspir na testa dele, porque tenho muito respeito com as minhas raivas e eu preciso assumir que estou com um puta ódio, e ele me faz seguir, pegar o ônibus e batalhar todo dia em uma cidade longe pra caramba de casa. Faz tempo que eu estou longe do interior, da mãe, de tudo. Sou uma raiz sem pote. Eu fico aqui me matando para achar uma aceitação, um perdão, mas eu não preciso perdoar.

Já não cabem mais as paradas, os silêncios antes de martelar os dedos no teclado que uso para me comunicar. A sede é de queimar, fazer fogueira de tudo, rir, dançar, pirar na porra da piromania de ver tudo sabrecar, tudo que já não tem força de me derrubar de novo. Não tenho essência, essência feminina é um linguajar tosco e raso para a bomba atômica dos meus músculos. Decreto para ontem que já não sou aquela garota sentindo a mão pesada dos espancamentos, já não sou a mulher estuprada pelo companheiro de merda, não tento esconder o meu sangue.

Agora observe o sangue que desce grosso, aguenta o cheiro da minha verdade. Nojenta, dizem de mim. Nojo tenho é da cara de quem não tem a cara de encarar a podridão no canudinho que por trinta anos engoli. Só bebe comigo do meu litrão quem me ama e me faz gozar, e gozar é prioridade. Nunca fui frígida, o que faltou foi língua. Muitas vezes, só quem teve língua fui eu. O que faltou foi entrega. E que tristeza, me entreguei para cada par horrendo de alma que dá vergonha. Minha buceta chorou tanto por quem não chorou comigo por nada e em nada.

É isso. Cheguei na encruzilhada, e não é indecisão, é bênção. A rua me deu o ensinamento. Disseram fecha a perna, não responde. Fechei, não respondi. Nada adiantou. Abro as pernas para a força que me guia, e quero parir novos dias, mulher dividida em duas, nasci de novo, dessa vez fui eu que me pari.

Hoje é o dia que a fogueira está acesa, descontrolada, se espalhando pelo milharal, e todas as dores vão queimar junto com essa tatuagem feia no braço que diz: pai. Não tem encarceramento que te faça pagar. A amargura me fez mais, mas ninguém merece ser mais atravessando o inferno.

Quero ser mais com outros percursos, com menos dor. Acredito em mim, acredito nas mulheres, pobres, fodidas, trans, travestis, pretas, indígenas, sobreviventes, ribeirinhas. Acredito na minha mãe, tias, avós, amigas. Acredito nessa maldição que eu sou, que linda maldição! Só quem permanece em mim vai dançar na lua que se aproxima. Quem queimou tudo, a si mesma, mesmo sendo queimada e cuspiu o fogo nos carros pratas do sinal, volta. Sempre volta.

As jiboias que se espalham com a velocidade dos beijos

Lambi seu sexo. Nos abraçamos suadas.
Você ia embora para uma vida em que a gente não ia se esbarrar. Sem os passeios juntas por museus. Eu não era das coisas do seu caminho, mas a gente se beijou como se fosse. Tudo bem, às vezes, a forma como arquiteto você nas minhas memórias é como se fosse uma personagem que me desse medo de colocar defeitos. E como vão acreditar que você é real se lhe escrevo assim tão perfeita? Não é caso de ser musa, que odeio a ideia de mulher musa. Vejo você como construtora de um mundo em que eu queria viver, e se pudesse mergulhar nas fotografias que você faz, entenderia finalmente tudo, absolutamente tudo que Susan Sontag fala em tantas páginas.
E são tantos livros nesse seu sorriso pequeno, mas não consigo ler como consigo ler todos os homens que me envolvo, pois a superficialidade não é a massa do seu pão, não é a tinta que pinta seus braços, seus cabelos. Tem uma planta antiga que cresce de você, e sinto que, feito a jiboia que se espalha rápido pela parede, suave, você chega ao meu universo, e nunca deixou de chegar.
Tem obviamente muita coisa que separa a gente, uma falta de comunicação sobre o que cada uma quer ou o ritmo que consideramos para caminhar. Antes pensava que era nossa linguagem

artística que não batia, mas andei lendo bastante sobre imagem e palavra, fui também muito convencida pelo filme com a Juliette Binoche, ela sempre me convence seja lá pelo que for. Tenho dificuldade em ser convencida por gênios masculinos, desconfio dessas duas palavras juntas.

As mulheres são uma força que me dobra, não só ao meio, mas em todas as bordas. Sinto que meu corpo todo é origami quanto estamos juntas, cada pedaço meu dobrando em resposta a não saber muito bem o que fazer, e mesmo sendo uma mulher adulta ainda me pego nervosa ou um pouco perdida quando estou perto de uma mulher que admiro, porque foram muitos anos admirando homens que não tinham lá tanta coisa para se admirar, mas eu era muito boa em criar ficções e aglutinar uma a uma aos corpos masculinos. É uma outra linguagem, como se eu tivesse evoluído muito, como se eu tivesse aprendido, e aprendi, a me amar a cada vez que amo tão intensamente uma mulher.

Mesmo que ser mulher não seja nada universal, existe um fio conector, um sentimento alado, quando os lábios, todos os seis, se encontram em conversa franca, sem jogos e desenrolados.

"É aquela, isso mesmo, aquela que gosta de mulher", dizem achando que me afeta, que me arrasa. Eu sou e sempre fui a que gosta de mulher, também. Ainda bem. Porque não tinha como não gostar de você quando veio aquele sorriso na frente do museu, não tinha como não gostar de mulher quando você confiou em mim, quando tudo era mistério demais para confiar.

Sei que pareci tão desprendida e tão absurda para ser sua terra, seu chão, mas é que gostar de você é levitação, fico tão leve, acho que sumo por entre as nuvens. "É aquela lá, sentada na nuvem, aquela que gosta de mulher." E o teu avião foi embora me atravessando.

Elo

Dentro de um barco no oeste paraense.
Jana, trinta anos; Mariana, trinta e dois.
Pegam um barco pra visitar a mãe de Jana. É maio.
Resolvem depois de palavras cruzadas e baterias de celular mortas, que conversar era o que restava.

✶

Nos últimos dias, uma enxaqueca tem me atravessado. Sinto um ponto e uma onda, um raio, sabe?
Também tenho essa enxaqueca, mas com dor nos ombros. Tentei assistir ao filme que você falou no sábado, mas nos primeiros dez minutos começou a doer.
É, o filme é triste mesmo.
Não, não foi o filme. Foi o brilho da tela.
Entendi [olha para as árvores em volta]. Acho que vou morrer toda vez que essa dor vem, mas no fundo é um medo pior que esse. Sei lá, besteira.
Fala, mana, agora que já começou, não me deixa ansiosa!
É que minha mãe tem enxaqueca também. Essa semana ela reclamou disso. Talvez minha enxaqueca tenha sido da preocupação que qualquer coisa atravesse o sorriso dela. Às vezes é só o dentão dela sorrindo que me segura.

Você tem medo de perder sua mãe ou de se tornar ela?
Nossa, Mariana, você tá profunda hoje!
[as duas começam a rir em coro]
Sempre fui, sua chata!
[Mariana aperta forte a mão de Jana e solta em seguida]
Tenho medo de ser minha mãe nos momentos que ela errou, sabe? Quando a gente fica criticando elas e parece que depois começa a entender tudo? Será que isso é amadurecimento ou eu sou só uma cópia da minha mãe?
Será que as pessoas morrem de enxaqueca?
Acho que sim, mas também acho que a enxaqueca mata porque sempre vem acompanhada de alguma coisa. Na pesquisa do Google tudo acaba em câncer, mas às vezes a gente só nasceu mulher mesmo.
A tua acompanha o quê?
Não sei, ando tão puta com tanta coisa. Principalmente porque, no fundo, a mamãe gostaria de um neto, mas ela nunca vai abrir a boca pra falar com todas as palavras. Eu sinto essa espinha de peixe na garganta quando a gente fala disso.
Às vezes, penso que gostaria de ter tido uma criança pra ela dizer que me ama e depois me culpar por dar amor demais.
Socorro, só você pra me fazer rir.
Você não quer ser mãe nunca?
Mariana, contigo é tudo muito é ou não é, fico de cara.
Deve ser por isso que sou tua única amiga.
Ah, nunca é muito pesado. Eu tinha medo de aparecer buchuda e todo mundo me desejar coisas boas quando no fundo estavam de luto ou comentando o quanto sou nova ou o fato do pai ter sumido, porque, né, todos os caras que passaram por mim fariam isso. Agora não me importa mais essa ideia. Neste momento não quero ser mãe. Respondi? [respirou fundo]
Tá tudo bem?

É que ainda me sinto mal em falar isso em voz alta, como se eu fosse um monstro.

Eu gosto de monstrinhos, adorei Monstros S.A., aquele desenho, lembra?

Sim, eu lembro, haha. Palhaça!

Você já pensou o que é o monstro, Jana?

Como assim?

O monstro é um negócio, que nem é considerado humano porque ele é feio, estranho, fala diferente e pode atacar, ele diz oi atacando em certos momentos. Você não acha que quem adora falar mal de monstro ou transformar alguém em um é meio incoerente?

Mas o monstro é uma coisa horrível que não vai ser amada nunca e por isso se diferencia da gente, Mari.

E o que você me diz toda vez que a gente vai sair pra uma festa e eu te ajudo a escolher uma roupa?

[elas ficam em silêncio por alguns instantes, só o barulho do barco cortando a água, e o motor, ensurdecedor motor]

Que nunca ninguém vai me amar. Que sou feia, que ninguém vê o que tenho aqui dentro [toca no peito com a mão trêmula].

E?

Talvez o monstro seja alguém que tem uma amiga maravilhosa.

E que é lindo, sempre foi, muito lindo.

Eu gosto do Stitch. Aquele azul, amigo da Lilo, lembra?

Sim, haha. Por quê?

Das mais de seiscentas experiências, ele foi a que teve a sorte de estar com a Lilo, pelo acaso.

[e repousou a mão em cima da mão de Mari, sem retirar]

Jana, acho que você virou sua mãe.

Como assim?

Quando ela foi minha professora na quarta série, ela me disse uma vez que o rio era rio porque alguém chorou muito, e as lágrimas quiseram se unir pra levar as palavras de dor de quem chorou pro mundo ouvir e fazer alguma coisa. Toda vez que eu choro, lembro disso. Uma vez você estava muito doente, a gente era adolescente, e a tua mãe estava chorando no quintal. Fui lá com ela e lembrei da história do rio, disse pra ela, "Tia, você lembra que o rio manda mensagem?". Aí ela perguntou qual era a mensagem do meu, porque eu também estava chorando. E eu disse: "A Jana vai nascer de novo". E a gente se abraçou.

[a chuva começou a cair em cima do barco, o motor foi calando, encostando na beira do porto, o passeio tinha acabado]

É, eu acho que tudo bem ser ela e ser eu, tudo junto.

Abre o portão quando eu chegar?

O vento na cara, as pernas fazendo uma força a mais, segurando na lateral da moto para não abraçar o mototaxista. A mochila balançando a cada buraco da rua estreita. As pálpebras geladas, dois minutos da parada de ônibus até o portão da sua casa.

A noite chegou faz tempo, fica perigoso depois que o sol vai se despedindo, mas não quero esperar pela nova aparição dele para lhe ter por perto. Quero chegar bem e beijar sua boca, que sorri ao me ver pousando no asfalto, aventureira e cansada do dia de trabalho. Cruzar a cidade para cruzar com um mundo nosso.

Dois reais meus, dois reais seus.

— Valeu, é ótimo quando tá trocadinho assim, moça. Hoje foi fraco.

O mototaxista leva com ele o valor da nossa partilha de querer estar junto. É saudade quando ajeito o cabelo bagunçado por conta do capacete. Era previsto nosso beijo, que vem cansado, mas afiado de coisa rara chamada amor, seguido do barulho do meu estômago, o vrum da moto ao fundo, o motorista que segue rumo a outro casal.

Sinto o cheiro do pedaço de bolo que você comprou no ônibus mais cedo. Guardou porque lembrou do meu gostar de milho molhadinho, quis que eu fosse seu par desde às sete da manhã. E todos os dias eu quis ser o seu na noite. Mesmo com medo do "passa a bolsa, madame, passa tudo!", mandei mensagem, emoji, link de música.

Trancando o portão, nós dois do lado de dentro, você dentro de mim, de língua e afeto, eu fora de mim, querendo dizer para sempre este momento. Pena que não vai ser, eu sei. Planejar a vida com você, querer uma bicicleta para ir na garupa ou te levar em uma. O motor da moto ainda divide eu, você. A bandeira de time na frente da casa balança mais quando a gente se acha.

O mototaxista, Rogério, sabe o caminho decorado todo dia, me deixa aqui para escrever a história nossa que começou na mesma rua, com um caco de vidro no meu pé e um curativo seu. Seguro firme na lateral da moto com medo de cair e não te ver mais, ainda é seguro se te vejo em pé, rente ao portão, sorrindo.

Esquina após esquina, a gente se cruza em vendaval de motor e distância. É perigosa a rua e o futuro do coração, mas eu chego de mototáxi, mesmo depois de tantos anos que a vida engoliu rua, esquina, portão, nós dois.

Ramona

As ondas felinas se mexiam. Era um mar de futuros miados e arranhões por entre negros pelinhos. Tocava na barriga da gata e sentia os filhotes querendo pular. Ramona era dessas gatas valentes, mas com o peso da barriga tinha se tornado lenta, e procurava carinho quanto mais se aproximava o parto. Ela tinha um jeito intrometido de abrir a porta do quarto, e não miava pra subir na cama, apenas surpreendia debaixo do edredom.

Todos os dias em Belém fazia calor, mas neste, em especial, parecia que nem o suor dava tempo de cair, evaporava antes. Tentava etiquetar meus livros e outras miudezas espalhadas por cima da cama. Ramona escolheu um livro sobre culinária para fazer de travesseiro. Nessa altura da gestação, ela só tinha duas preferências: dormir e comer. Pensei que a escolha pelo livro pudesse ter sido de propósito.

Sorri imaginando e retribuí o momento passando a mão na cabeça dela, que pareceu gostar do carinho. Segui arrumando os livros, quando ela miou baixinho, a barriga era uma tempestade, as patinhas todas empurravam com força, eram os filhotes anunciando que não demorariam muito pra conhecer o mundo do lado de cá.

Ramona tinha um olhar carente, mais do que o normal. Como eu trabalhava em casa, ficava mais fácil ficar de olho nela quase o tempo todo. Só nós duas era fácil de conviver. Depois que me separei do meu segundo marido, a gata me acompanhava nas maratonas de livros e nas insistentes páginas das palavras cruzadas emperradas.

Tinha pouco tempo para arrumar todas as minhas coisas e entregar as últimas obrigações do trabalho. Em poucos meses eu ia me mudar para Florianópolis, sem muita perspectiva do que fazer. Chegaria no inverno. A mudança era completa, inclusive climática. Não sei se a gata sentia que a gente estava indo em uma aventura diferente, das tantas que já tinham acontecido nos últimos quatro anos, mas ela tinha um olhar que me acalmava.

Quando já tinha embalado todas as caixas no final da noite, tomei um banho demorado. A casa em um silêncio absoluto que se rompeu com um miado único, mas alto o suficiente pra saber: estava na hora.

Ramona tinha se ajeitado embaixo da pia, o lugar mais escuro da cozinha, e a língua pra fora lhe dava um ar canino. Forrei o chão com papelão e uma camisa do meu ex-marido. Olhei de longe pra não incomodar. Nasceram quatro. Após três dias, dei nome pra um deles, que tinha um olho azul e o outro verde. Bowie. Depois percebi que era uma fêmea, continuou roqueira. Eles foram adotados pouco a pouco, e por alguns momentos pensei em cuidar de todos, mas essa era mais uma decisão da minha vida que não seria razoável. Ainda me pego olhando a foto deles todos juntos e me pergunto como teria sido.

Eu e a gata viajamos de avião. Tomamos calmantes. Ficamos com medo. Tínhamos a companhia uma da outra. Dormi em um edredom no chão, passei muito tempo sem cama, o dinheiro era pouco. Decidi que ela ia dormir na sala nessa nova fase, mas Ramona tinha um jeito intrometido de entrar no quarto, de escancarar a porta. Fiz um carinho na barriga dela na primeira noite, me arranhou na hora.

Cânhamo de despedidas

Tenho ainda lembranças de dias que não puderam acontecer. Às vezes, o corpo ainda pulsa por alguns nomes, títulos e lugares. Sinto falta dos anos que passamos juntos, mas que morreram na cama com um "não" teu, e eu segui de um jeito meio torto, sem entender que, dentro de mim, o vazio não precisava ser preenchido por outra pessoa, era um vazio das minhas coisas, das tantas dores.

Costumava construir imagens sobre nós dois, você era uma criatura feita por mim, sua função era se encaixar nos meus traumas. Peguei seu sorriso e coloquei as ervas da minha avó, acreditei que você poderia curar esta ferida tão profunda que carrego, quase chaga.

A cidade era nossa, marcada profundamente pelos nossos passos. A gente saía depois de fazer amor. Na madrugada, a cidade era mais perigosa, mas também vazia. Se durante o dia por ali funcionava um supermercado, uma padaria, onde a gente sempre tomava café e conversava sobre filosofia ou anarquismo, uma farmácia e uma lojinha de eletrônicos, onde montaram o computador do seu quarto, durante a noite era vazio, a não ser pelo cara do restaurante que via pornô quando estava fechando o lugar, pelos mendigos que iam se aconchegando na frente da academia dos burguesinhos.

Era nossa a rua, e caminhávamos com um baseado, batia rápido, de vez em quando, eu confundia pensando que estava sonhando, procurava sua mão. E íamos falando sobre o tom das plantas que dominavam o semáforo. Conseguíamos ver tantos tons de verde... dessas coisas, você tinha melhor noção por ser a imagem a forma de expressão que guiava suas ideias, mas eu conseguia colocar os verdes em palavras. Sempre essa tensão de uma antropologia visual dos casais: imagem ou palavra? Éramos juntos e funcionava, ao menos nas madrugadas daqueles dias, mas era o tesão que ainda firmava a gente, que tinha data de acabar. Era bom sonhar que estávamos no ritmo igual, mas você sempre estava correndo. De mim.

Fazíamos nossa leitura, chapados, sobre as esquinas que se repetiam, como se essa mesma rua da sua casa existisse em tantos outros lugares do mundo. Haveria outros casais encruzilhados como nós? Ríamos muito, não sei se era só o baseado ou uma forma de fingir que estava tudo bem entre a gente, era sempre uma catástrofe buscar a paz entre nós, nossa ligação era puro tesão em guerra.

Era a minha erva para aqueles dias que eu queria me matar. Você não era a erva da minha vó, era qualquer outro prensado com mijo, mas não a que me curava os joelhos, o coração e esta dor no peito. Essa dor tão antiga como uma civilização desaparecida. Os tons de verde iam ficando cinza e nós depois falávamos dos psiquiatras e da falta de amor do mundo, enquanto gastava tempo tentando chamar de amor uma coisa estranha entre nós.

O semáforo estava bugado. Não sabia se ficava, seguia ou esperava. E ali, com você, me interditei.

Os discos tocando de novo, falando as mesmas ideias e nós fazendo o mesmo roteiro todas as noites em que ficávamos juntos. Doía saber que não ia dar em nada feliz. Eu ainda queria ser feliz. Depois voltei naquela esquina da rua da sua casa, fumei um sozinha e entendi que daqui poderia seguir para outras esquinas, com outros banhos, de folhas, de esperanças, de amor. Sem você, mesmo que ainda não entendesse como. Seu sorriso se desfez na fumaça.

O Enforcado

Uma dor no meu peito, um soco firme que não para de doer. Uma espécie de nó no estômago, uma certeza de que o corpo vai entrar em colapso, porque a mente parece derreter. E dói a nuca, sobe uma pontada no meio da testa. Vou me embolando na cama e comigo tantos pensamentos, tenho vontade de levantar, ligar as luzes, ignorar que é madrugada e agir como se fosse seis horas da tarde, quando geralmente estou ativa para fazer minhas reflexões, anotações e qualquer outra coisa da ordem do pensamento.

Desisto, sei que não vou conseguir colocar as ideias no papel, estou exausta demais por ficar gastando forças pensando em como posso aproveitar os dias. Sinto que perco tempo demais, tenho problemas em confiar em mim mesma e me preocupo com bobagens, mas no momento elas parecem urgentes.

Meu problema é que vejo tudo com urgência, tenho essa vontade de organizar e executar cada ideia no mesmo dia. Os pensamentos do que quero fazer me angustiam a ponto de eu desistir de realizar alguns sonhos, porque não aguento o processo de construí-los.

Tem sido assim nos últimos meses, desde que a Leandra morreu não consigo me concentrar muito, com certeza deve ter a ver com isso, mas às vezes penso que não seria muito lógico, afinal, a gente só saiu duas ou três vezes. Ainda penso que poderia ter reagido diferente na noite que ela me roubou um beijo naquele inferninho chamado Amnésia.

Ainda fica repassando na cabeça a minha mão estalando no rosto dela, não lembro de ter dado um tapa em alguém antes. Sinto que me castigava por não aceitar que eu tinha outras vontades, elas sempre estiveram ali, porque sempre amei homens, mas nunca havia me permitido amar mulheres. Ela me beijou e senti que tudo queimava, que não sabia nada do mundo e absolutamente nada sobre mim. Era necessário que me revisitasse, pois minha casa era feita de ideias ainda religiosas demais, mas de um jeito que não me empurrava para a vida e para a sinceridade que eu mesma merecia receber de mim.

Quando tinha decidido que a gente poderia sair novamente, não demorou muito e tinha uma foto dela em cada perfil dos amigos próximos, acompanhada de um texto de despedida, como se os mortos pudessem ler. Escrevemos para o morto como se isso nos tirasse uma fatia da dor, ou, em outros casos, nos redimisse de algo terrível que ninguém ousaria falar.

Fiquei noites inteiras, durante uma semana, pensando em um texto, imaginando as palavras surgindo na tela branca do computador, mas era difícil conseguir efetivamente sentar na cadeira e digitar todos esses pensamentos, porém, eu queria me comunicar com uma parte profunda de mim que se chamava Leandra. Nunca consegui escrever.

Hoje fiquei rolando de um lado para o outro, tentando novamente domar os medos e as dores por todo o corpo, que só chegam na madrugada. A terapeuta disse que é ansiedade, mas como não tenho dinheiro pra ir sempre, acho que ela me conhece pouco. Às vezes, acho que é uma perseguição, sinto que desde que matei aquela parte de mim, o desejo que eu sempre tive, não conseguia mais fazer as palavras escorregarem para a página.

Consegui dormir lá pelas três da manhã, demorou em torno de meia hora para acordar com aquela dor no peito. Dessa vez parecia que alguém pisava em mim, me esmagava. Olhei em volta, estava sozinha na cama, a gata estava lambendo as patas traseiras perto da porta, as folhas da samambaia se mexiam violentas.

Tentei respirar melhor e me mover, sem sucesso em nenhuma das tentativas. Senti a mão chegando, era forte. Não vi, mas senti sua presença. E foi apertando meu pescoço. Não conseguia gritar, mas sentia que gritava. Lembrei da carta de tarô que seu Chico tinha tirado pra mim na última terça. O Enforcado.

Desde que me mudei pra Florianópolis, passava pela Praça XV e via a placa improvisada: "Tarot", e sempre diminuía o passo com uma curiosidade enorme, mas reprovava a vontade de fazer uma consulta. Minha vó era cigana e me ensinou a jogar baralho, e por saber que mexer com o futuro tinha sua responsabilidade e profundidade, preferia evitar saber minhas particularidades. Mas foi um sorriso e um boa tarde do velhinho que me fez um dia entrar na tenda feita de lona e lençóis velhos. Sentei na cadeira de praia e iniciei a conversa.

— Vamos lá, seu Chico, me diga por que sinto insônia, quero me curar disso.

Ele foi embaralhando as cartas, pediu que cortasse em três montes e escolhesse uma carta.

— O Enforcado, menina.

Respirei fundo.

— Tu sente que as coisas ao teu redor não são exatamente como tu queria, porque tu tem muito essa agonia de tudo ser do teu jeito sempre. Essa coisa que te pendura pelo pé, criança, foi tu mesma que criasse. Tu criasse um monte de situação que te prende na tua cabeça. Ixi, é tanta tranqueira que tu guarda nesse teu coração, visse. E tu fica olhando pra tudo te engasgando, prendendo, e não faz nada, tu tás paralisada. Olha — apontou para a carta —, tuas mãos tão atadas.

Senti que tinha uma película que abafava grito, chute, murro, vontade. Chamam de paralisia do sono, mas eu via muito bem que a carta do Enforcado tava acontecendo, e lembrava do tapa, do barulho, da raiva e do prazer que senti quando a mão encostou no rosto da Leandra. Vi novamente quando nos beijamos esquecidas do mundo ao qual eu pertencia até ali, no Amnésia, e tocava uma música que eu não gostava, mas o beijo eu amei.

Senti que minha respiração voltava ao normal, a mão desistiu, me soltando completamente. A voz saiu, comecei a chorar e a gata deitou no meu colo.

As espumas têm seu nome

No muro, um grafite: "você já disse eu te amo pra pessoa que derrubou seu céu?" Parei para reler aquelas palavras. Nas mãos, os tênis cheios de areia, a maquiagem borrada, meia calça rasgada, um fio da ponta dos pés ao bumbum. Deixei o calçado no chão, toquei no muro, senti que falava comigo e lembrei que fomos felizes horas atrás. A praia quase vazia, e nós com uma garrafa de vinho barato, rindo do homem bêbado fazendo estrelinha e cantando uma música do Fagner.

Ri de babar, pedi desculpa, e sua mão tocou minhas pernas. O mar murmurou alguma coisa. Estou aqui, deixa que a mão percorra sua pele coberta, tão fina. A meia calça que retarda o prazer. Sua mão foi cavando cada vez mais longe, perto da virilha, amassando meu sexo, que já esperava molhado. Fechei forte os olhos. E o homem embriagado cantava distante, mas o barulho que chegava ia apagando aquela voz.

Um bater de saias se chocando com o vento. Esmeralda com a saia verde se aproximava, eu não a via, mas ouvia sua dança e risada. Ah, menina, como você merece essa paixão. Mostrava as pernas molhadas do mar. Era a cigana que me acompanha desde que desceu minha menarca. Ela tocava meus cabelos, você meus seios e era eu quem tocava agora meu sexo, com ritmo de tambor, daqueles que dizem olá aos guias. A espuma da vulva imitava a espuma do mar de onde nasceu Afrodite. O tempo era bom conosco, desacelerava para nos unir na noite em que o céu tão limpo destacava poucas estrelas. Não era tempestade, mas maremoto em risada e Fagner.

Cresci onde os muros eram as telas dos corações que encontraram a paz na rua, essa travessia que não é para qualquer um que diga que gosta ou aguenta. A rua é lugar de forças que não se chama por chamar. As mágoas e as alegrias viravam imagens ou frases em caligrafias diferentes a cada semana, os muros repintados por gente que não aguentava o poder da palavra, e doía ler a verdade. Sempre doeu.

Enquanto minha pele se confundia com a sua e a cigana segurava meu cabelo, as palavras de alguém se formavam no muro, porém na praia não existem paredes, só as que nos separam, apesar de tantos toques. É preciso não esquecer que pessoas que se tocam nem sempre se penetram nas coisas de alma. Horas depois o muro ia de ser meu, as mãos na tinta um pouco molhada ainda, a ponta dos dedos cheirando à espuma de amor da noite, era nesse tocar que ia descobrir o que faltou de tudo que me devastou com alegria.

Consegui ser eu mesma, essa é a parte favorita da minha jornada noturna. Me abraço e volto pra mim, tenho me buscado, tem sido confuso, e num dia desses sinto que me guio melhor quando me abro. Tenho vivido demais e finalmente. Bebo mais água, a sede é de me deixar ir, não sabia, aprendi com o mar. Quando gozei, o Fagner parou, os cabelos se soltaram, o mar acalmou, sua mão ainda tremia e um cachorro se aproximou de nós, deitou no seu colo, evitando que eu o buscasse como pensei em fazer. Rimos, agora do absurdo da noite. As linhas dos nossos olhos se encontraram, as mãos também. Nos despedimos do centro do mundo e da falta de planos.

Da boca não saiu nenhum número de telefone ou uma promessa, não porque não se queria. Tem coisa que não é de precisar. Fui caminhando, sorrindo boba, aguentando a dor do asfalto nos pés. Rasgando a meia. Segurando os tênis. Lembrando do movimento de línguas e danças circulares. A cigana na cabeça, rindo, sabendo de nós antes que o mar se exaltasse. A mão no muro.

Esqueci de dizer que essa noite amei você.

Duas mulheres fazem o mar se agitar e os muros derreterem.

Os territórios que os pés desenharam

Enquanto crescia, o homem tentou me assassinar. Foi pulando de corpo em corpo, na espreita de saber meus passos, e para onde fui, lá estava ele, como sombra macabra. Nos grandes prédios, os pilares eram o ódio e os problemas dele comigo. Era tão escuro dentro dessa caixa de papelão, me mudei tantas vezes, perdendo a chance de entender que é dançando no escuro que a vida se alimenta. Hoje vou sair com os meus amigos, e na mente só as questões do movimento, da performance de mulher liberta.

E o doce vai derretendo na boca, e me refaço nos movimentos novos na pista, os braços vão guiando para as ondas, e as pernas batem no chão, os pés gritam barulhos de trens rompendo o espaço. Os ombros vão remando, e me toco no meio das luzes de néon nesta noite em que os monstros tomam seus drinques sofisticados. Milhares de batidas formam uma nota musical, e são todos os chutes e socos que levei que me fizeram ter essa pele grossa, mas que dança. Ouça a música dos meus gritos na estrada. Fique surdo para me ouvir.

E é sempre o mesmo lugar com pessoas estranhas, que perderam o caminho que alguém quis para elas. Sei me mover, cobra que sou, me desfaço de tudo, e engulo o mundo enquanto quebro os ossos que restaram. A história que o doce traz é de vida passada, onde tudo foi feito do jeito que não consegui repetir nessa, mas tudo é eterno retorno? E a música vai refurando as narinas, Florianópolis parece menos fria às vezes. Lembro de Belém, na noite estranha, cheirando morte e vida, não de Severina, mas a minha. Credo, é difícil ser estranha por aqui.

Danço bem sozinha e a panturrilha dói, o sangue não circula, a mão das lembranças segura uma das pernas, engato no movimento, sempre achei que poderia me sentir, por acidente, um alguém livre. E ainda presa nas dores de vinte anos atrás, preciso ter paciência com meu tempo. Não sinto muito por nada, a música cresce de novo, a perna volta ao normal. Estou de volta à minha mente. É julho e preciso dançar para gastar pesadelos.

A Lagoa da Conceição conversa comigo e me traz gente desconectada, que conversa sobre coisas que não quero conversar na festa ao ar livre. As árvores dançam junto. Não gosto muito de música eletrônica, mas ela ajuda a manter tudo interessante, mesmo sem palavras, que acho facilmente ao redor, olhando cada folha que foge da árvore gigante.

São muitos os tons de verde, são tantos como tantas foram as esperanças na caminhada até este ponto, ainda perdido, mas com mais questionamentos. Antes era uma certeza que era eu a dona das respostas, sem perceber que são as dúvidas as salvadoras. Verde claro, cintilante, néon, opaco. A árvore que se apresentou para mim naquela noite tinha todos os verdes nas folhas, era um degradê que sorria quando o vento batia, e riam as folhas miúdas.

Sentei quase embaixo dela, uma capa para receber o dia que vinha chegando. Decifrando meus últimos acontecimentos de migrar para não querer de novo morrer, e já quis tantas vezes. O problema talvez seja eu, não o meu lugar. E que lugar mesmo é meu? Sem emprego, sem saúde mental ou perspectiva, tendo que acreditar que este outro lugar é melhor que o rio, que a falta de sal. Mas nunca vai ser. Não é "de onde tu é?", mas "Tu não é daqui, né?", os dias têm sido sempre com essa pergunta.

Em nada combinávamos, eu e a árvore, mas papeamos, como duas senhoras solitárias e fortes. A água do mar batia na raiz, podia sentir meus pés molhados mesmo que não estivessem. Eu era a árvore, vivendo, caminhando como se meus pés não estivessem conectados ao chão. Tenho raiz, sempre tive, uma raiz de rio, de barco, de floresta, de cidade castigada, colonizada, mas forte apesar de tanto e tudo. Aonde quer que eu vá, ainda tenho um sentimento doído de não-lugar, mas quando ouço a voz da mainha sei que sou dos rios do Pará, por mais que em qualquer outro lugar não entendam o que é ser desse canto.

Faz tanto tempo desde que cheguei em Santa Catarina, que procurei uma árvore como essa, que lesse minhas tantas esperanças ruminadas. Lembro de tudo sempre e vou remoendo. Triturando lembranças. Já fui árvore sem folhas. E foi em uma madrugada, dez anos depois do dia em que me chamaram de vaca a primeira vez, que encontrei essa árvore, aqui no meio dessa festa.

Um homem qualquer me olhou perto dela, se aproximou e tocou no meu piercing do nariz.

— As vacas usam isso, sabia? — tocou na minha vagina.

Estremeci.

Dessa vez, de tanto ruminar dez anos de vaca, me afastei dele com raiva e lhe disse:

— Não me toca nunca mais. Sou vaca sim, sagrada, coisa que homem assim não sabe.

Tive medo, como tantas vezes.

— Não mordo — ele disse, rindo.

E se afastou, foi caminhando pra longe. Sumiu.

Abracei a árvore, a lágrima rompeu sem que eu permitisse. Senti saudade da árvore da Presidente Vargas, a Mangueira bem em frente ao Can. Era difícil estar tão longe de Belém.

A árvore da Lagoa fez um barulho de chuva pra chamar atenção, ela já sabia tudo sobre a ruminação, sobre o que chorei, temi, desejei. Era um espelho dos meus anos, e balançava, sorrindo. Era a voz da mamãe nas folhas, que voaram ao meu encontro. Era o barulho do mar fingindo ser rio só pra me agradar. Era minha casa no meio do lugar nenhum. Meu território é onde os pés tocam, aqui também tinha que ser minha casa.

Hortelã

Preciso respirar fundo para não cair no poço das minhas fantásticas obsessões. Ser amada — depois de me amar — tem sido uma batalha constante na minha existência. Não dá para ser uma meta de trabalho como as outras que alcanço da minha agenda. O amor próprio ajuda, inspira e exalta o meu melhor. Porém, me sinto amargamente só. A solidão que anda de mãos dadas com uma exigência que não me castro de fazer.
Exijo alinhamento político, responsabilidade afetiva e entrega em um nível saudável e mútuo. Tudo pode parecer básico, mas para algumas pessoas são esforços hercúleos. Amar deve ser um gesto complicado para quem aprendeu que amar é carro de som e bombom Ferrero Rocher.
Preciso de mais, nem de chocolate caro eu gosto.
Este entra e sai de gente que não se agarra nos meus dias tem um motivo. Minha solidão vai sendo tecida junto com o manto de ser eu mesma, essa mulher que se habita e se guarda para o incrível, não o mediano, não mais. Minha casa não é em ninguém, mas é bom ter uma vizinhança às vezes.
A noite vem fria, gelada, e queria um par para abraçar embaixo das cobertas, encostar os pés e saber que mais do que uma fricção de corpos, há uma maratona, sem competição. Eu e meu par do futuro correremos juntos na construção de algo bonito

e sincero. Companheirismo. Quero isso em grandes doses, mais do que romance. Romance fere, escraviza, apunhala. Idealiza o que nunca vai ser perfeito. Mas, por enquanto, cai uma lágrima, sai um sorriso, tudo junto. Vou me permitindo estar comigo, mesmo que nem todo dia queira apagar a luz e ter o lado esquerdo da cama vazio.

Quem é você que não encontro? Amar não é uma ilusão, é só um movimento difícil.

Beladona

A história era sobre um corpo de criança com o sofrimento de um demônio banido da sua liberdade de descobrir a direção. Satanás chorou por mim naquela noite, o amor era um sentimento estranho. Era coisa mascarada, um amor não amor. Segui com aquele homem, meu pai, no cartório. E o lençol sempre cobriu ou escondeu meu pavor? Fediam meu apodrecimento melancólico e a minha tentativa de amar o cativeiro em silêncio. Tudo era silêncio e eu pari palavras para aguentar. O Big Bang, com o bang no mudo. A criação de um terror instalado na minha mente por décadas.

Com dez anos, segurando o lençol, pensei em pular da janela. A capa do meu super-herói era o cobertor do meu próprio cadáver, esperando por uma família feliz. Eu tinha nome? É primavera agora quando escrevo e penso nessas questões escondidas das flores. Só as beladonas sentem a frequência das letras de agora, de um sentimento de sempre.

Na cama, somente eu, lutando com uma capa elástica de colchão. E quando três ou dois lados parecem sincronizados, se desfaz um, dois, todos. O segredo é não tensionar tanto um só canto. Leva tempo. E aqui nessa cama quis encapar as feridas, mentir sobre os profundos, mas não tão profundos, pensamentos.

Suas merdas sempre flutuando na borda, mas nos últimos dias, o mar me escreveu e chorou nas espumas. Delas veio a certeza de que o mar dos meus sofrimentos vai mais do que lustrar, mas lavar a madeira do seu caixão. Não há espaço para uma mulher viva contigo, essas caixas são para que se vá sozinho.
Vou lhe banindo das gerações futuras e das tantas verdades que nem eu estarei aqui para aprender. Seu nome vai virar pó, e esse será o vômito da violência, não minha, mas sua. Crua, sem açúcar, mas de entupir veias. Vou aprender meu verdadeiro nome. Seus olhos vão explodir à luz das suas grotescas cagadas. Seus gritos hierárquicos vão transbordar seus buracos com fezes, a sua única epistemologia, formação e obra-prima. Papai.
Carrego cadáveres nas costas, e a história me pede justiça por eles. E sei que você matou as mulheres do meu universo. Algumas se reconstruíram, outras se entregaram e outras mudaram a vida, mas o medo ficou. Carrego também o meu suicídio, tão nova, nas suas mãos. A morte a cada surra e estratégia psicológica sua.
A teia era meu travesseiro, moscando sonhos, mesmo de morte anunciada. Aprendi a talhar a caixa que era para mim e agora lhe espera. Tive tanta sede do apodrecimento do seu corpo, porque da alma — se lhe couber uma — já fede, implacável. Meu ódio é placa de sangue.
A endometriose não é nada perto da dor das minhas paredes. Não és monstro, que seja feita justiça, és homem comum, que espanca, estupra, mata e diz que ama. Monstras somos nós, extraordinárias, visto que a monstruosidade é corpo diferente em movimento, feito de solidão. A monstra é linda e canta uma canção. A letra é dela dessa vez.
As mulheres monstruosas fizeram bruxarias no mar, deve ser por isso que chamam a luta de onda. Conchas trouxeram um poema que avisa.

Monstras, animem-se. As que foram queimadas, seja por fogo ou por homem comum, voltarão. Quem foi queimada renascerá das cinzas. Lembre bem, homem comum! Só as mulheres corcundas de carregarem tanta dor podem voltar, e voltam, todos os dias.

Este livro foi composto em Minion Pro no papel
Pólen Natural para a Editora Moinhos enquanto *Beija-flor*
era (en)cantado por João Gomes, Mestrinho e Jota Pê.
*
Enquanto Gaza era totalmente destruída por Israel,
um novo papa era escolhido em Roma.
Era maio de 2025.